CATULLE MENDÈS ET GEORGES COURTELINE
VIE JOYEUSE
LA VIE DE CASERNE
LA VIE MONDAINE
1ÈRE LIVRAISON
EN VENTE CHEZ TOUS LES LIBRAIRES
10 CENTIMES

LA

VIE JOYEUSE

LA VIE MONDAINE

LA MOUCHE

MADAME Lise de Belvélize, toute riante encore et les cheveux défaits sous son chapeau evidemment remis à la hâte, jolie, grêle, fragile, avec sa toilette de toutes les couleurs, — l'air d'une figurine de Sèvres, un peu grande, — entra dans le boudoir de son amie, fit le tour de la chambre, en frappant des mains, en sautant à cloche-pied comme quelque écolière qui vient de faire un bon tour; et, tandis que la baronne de Linège, toute surprise, la regardait :

— Quel bonheur! hi! hi! quel bonheur! Ah! oui, mon mari l'a échappé belle, et l'on peut dire qu'il s'en est fallu de bien peu que... Mais, voilà, je suis sauvée! hi! hi! quel bonheur! Ah! mon Dieu, comme c'est drôle!

— Je pense que vous êtes folle un peu? demanda la baronne.

— Au contraire, sage. Aussi sage que possible. Quand vous saurez les choses, vous vous réjouirez avec moi, car je sais le tendre intérêt que vous prenez à tout ce qui me touche.

— Expliquez-vous donc, ma mignonne.

Mme de Belvélize, enfin, se laissa tomber dans son fauteuil.

— C'est toute une histoire! Mais, d'abord, dites-moi une chose, ma très belle; qu'est-ce que vous pensez des mouches?

— Des mouches?

— Oui, des mouches, de ces petites bêtes noires qui volent ou qui se posent en remuant leurs fines pattes.

— Mais je n'en pense rien.

— Si fait! si fait! Vous avez entendu dire, comme tout le monde, que le diable est le seigneur des mouches (mon mari, qui est très savant, prétend même que c'est pour cela qu'on l'appelle Belzébuth), et que les mouches sont des espèces de petits Satans déguisés en insectes; il paraît qu'un moine — était-ce Luther? oui, c'était lui, je crois, — sitôt qu'il en voyait une, ne manquait pas de l'écraser, croyant tuer le démon lui-même.

— Eh bien! après?

— Eh bien! ma chère, ce Luther n'y entendait rien. Les mouches ne sont pas des diables du tout! loin de là, ce sont des anges, des anges gardiens, même; et, telle que vous me voyez, je serais dans de beaux draps

— ah! oui, dans de beaux draps, en toile très fine, garnis de guipure, avec une couronne brodée en rouge — s'il n'y avait pas de mouches par le monde!

Et elle riait de plus belle.

Mais enfin, calmée un peu :

— Je n'ai rien de caché pour vous, reprit Lise de Belvélize, et voici toute l'aventure. D'abord, il faut vous avouer que, depuis quelque temps déjà, j'éprouvais pour Valentin, — Valentin, vous savez? je n'ai pas besoin de dire l'autre nom? — des sentiments qui ne ressemblaient plus du tout à de l'indifférence. Hélas! ce que c'est que de nous! Après la trahison sans exemple dont M. de Marciac m'avait si cruellement outragée, je m'étais bien promis de défendre mon cœur contre les plus séduisantes tentations, de demeurer désormais la plus honnête, la plus austère des épouses. Oui, je m'étais juré d'être irréprochable! et j'ai tenu plus de trois mois mon serment.

— Plus de trois mois? peste!

— Trois mois et sept jours! Mais que peuvent contre la destinée les plus fermes résolutions? Le hasard vou-

lut qu'à souper, après le cotillon, chez Mme de Portalègre, Valentin fût assis à côté de moi. Ne m'appliquai-je pas assez, cette nuit-là, à lui défendre, dès les premiers madrigaux, toute espérance? Ce qui est sûr, c'est que, le lendemain, il me rendit visite; et il revint tous les jours; et, deux semaines s'étant écoulées, je ne pus m'empêcher de reconnaître que j'étais aussi éprise que possible de la rêverie si tendre qu'il a dans ses yeux bruns, et des fraîches dents, menues comme des dents de femme, qui étincellent sous le retroussis de sa fine moustache. De sorte que, hier, dans mon boudoir, avant les lampes apportées, lorsqu'il me supplia de le venir voir, le lendemain, dans sa garçonnière, j'eus toutes les peines du monde à ne dire oui qu'à voix basse! Pour un peu, je l'aurais crié!

— Mais c'était fort mal, cela!

— A qui le dites-vous? Croyez-vous que je ne me sois point adressé les plus sévères reproches? Je passai une nuit affreuse, pleine de combats. Ah! Dieu, que j'ai combattu! Non! tu n'iras pas! tu es vertueuse! tu es forte! tu n'iras pas! » Vains efforts! Ce matin, à l'heure convenue, je descendais d'un fiacre, très voilée, devant une maison inconnue; je montais un escalier, je m'arrêtais devant une porte qui s'ouvrit très vite...

— Ah! ma pauvre amie! vous étiez perdue!

— Je l'aurais été, sans la mouche!

— Sans la mouche?

— Eh! oui; ne m'interrompez plus.

Elle continua, son joli sourire aux lèvres :

— Ma chère, Valentin est un homme qui n'aime pas à perdre le temps! A peine avais-je fait un pas dans l'appartement qu'il me prit, m'enleva, m'emporta, et je me trouvai assise sur une chaise longue — lui à mes genoux — dans une chambre très agréablement parfumée où, malgré mon trouble, je ne pus m'empêcher de remarquer, en rougissant, qu'il y avait, vers un coin presque sombre, sous beaucoup de rideaux, quelque chose qui ressemblait à...

— A quoi donc?

— A...

— A un lit, peut-être?

— Hélas! vous avez deviné, ma chère! un lit où il n'était pas invraisemblable, que bientôt, comme endormie...

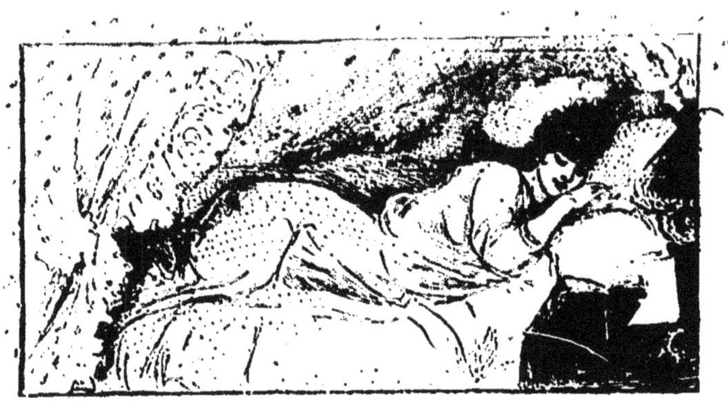

Je rougissais de plus en plus, et mon trouble ne cessait de s'accroître. Car il me disait des paroles qui étaient bien pour m'enchanter et m'affoler : « Que j'étais la plus jolie des plus belles! qu'il m'aimait avec fureur! qu'il m'aimerait toujours! qu'il se tuerait si je ne consentais à lui être douce! » Et moi, le cœur battant, un frisson sur toute la peau, je n'avais pas le courage de lui refuser mes mains, qu'il baisait, qu'il baisait, qu'il baisait encore avec des balbutiements éperdus. Certainement, c'en était fait de moi, lorsque...

— Lorsque?

— Lorsque... Ah! ma chère, figurez-vous... tandis que ses lèvres me brûlaient les doigts, une mouche, une toute petite mouche, très vive, l'air tout drôle, s'était posée sur le nez de Valentin, allait, venait, s'arrêtait, frottait ses pattes l'une contre l'autre, entrait dans la narine, sortait, rentrait. Je faillis éclater de rire! Mais Valentin, d'un mouvement de tête, fit s'envoler la bestiole; et il m'étreignit si ardemment, si étroitement que je sentis, tout près de ma bouche sa bouche. L'idée de résister était désormais celle dont j'étais le plus éloignée! Oui, ses lèvres, je les voulais comme il voulait les miennes, — ses jeunes dents, menues comme des dents de femme, luisaient, si fraîches, — et ç'eût été, bientôt, un baiser, vingt baisers, cent baisers... mais la mouche vint se poser sur la pointe de la moustache brune, entre nos souffles déjà mêlés; et je n'y pus tenir! je pouffai! Valentin, pour effrayer l'insupportable bête, se frappa la joue de la main : elle disparut; mais je riais toujours, et il me regardait d'un air fort décontenancé.

— Si bien, dit Mme de Linège, qu'il n'insista pas pour obtenir de vous ce que votre faiblesse lui avait permis d'espérer; et vous-même, ayant repris possession de vos esprits grâce à cet intermède comique...

— Ah! que vous connaissez mal Valentin! Apprenez la suite, je vous prie.

Mme de Belvélize poursuivit :

— Dès que mon hilarité fut un peu apaisée, il jugea, sans doute dans la crainte de quelque autre mésaventure, qu'il n'y avait plus une minute à perdre, qu'il fallait brusquer les choses! Et il les brusqua de la façon la plus extraordinaire. Je pense que, seules, les personnes qui ont vu, par les airs, un épervier féroce déplumer en un clin d'œil toute une blanche tourterelle, pourraient se faire une idée de la promptitude vraiment inconcevable avec laquelle, — malgré mes très sincères résistances, — s'envolèrent, s'éparpillèrent, s'évanouirent toutes les soies, toutes les batistes, tous les voiles enfin dont ma pudeur s'était si prudemment enveloppée. Ah! ma mignonne, je connus l'horreur tout à fait insupportable de ressembler, un peu plus rose, aux statues les moins pourvues de draperies, et je n'eus d'autre ressource que celle de m'enfuir, de me cacher, vers le coin presque sombre de la chambre, derrière les rideaux...

— Oui, près du...

— Hélas! j'étais si troublée. Mais, lui, Valentin, il s'approchait, terrible et superbe, pareil à un jeune dieu.

— Comment? pareil à un jeune dieu? Voulez-vous dire par là que l'épervier, après avoir plumé la tourterelle, s'était lui-même...

— Pareil, vous dis-je, aux jeunes Immortels des musées! et je ne pouvais m'empêcher, — prête à mourir de honte, — d'admirer sa violente grâce et sa délicate force. Ma foi, tant pis! Cette fois, j'étais perdue, n'est-ce pas? bien perdue? rien ne pouvait me sauver? J'en pris mon parti, et, après avoir, mentalement, demandé pardon à M. de Belvélize de l'accident pénible qu'il ne m'appartenait plus de lui épargner, je m'abandonnai tout entière à l'espoir d'une joie dont le très doux souvenir, le lendemain, aurait de quoi atténuer mes remords. Une douceur, une langueur m'envahissait, tandis que s'avançait Valentin, charmant et magnifique, prêt aux plus héroïques exploits; et, défaillante, comme éblouie, je baissais les yeux, et... et alors... hi! hi!... brusquement... hi! hi! je me tordis de rire! et je riais, et je riais, et je riais toujours! parce que la mouche... elle allait, venait, montait, descendait... et c'était si drôle que j'en riais aux larmes dans tous les rideaux secoués!

— Ah! le pauvre garçon!

— Il comprit bien que sa tendresse ne triompherait pas de ma belle humeur! Pendant qu'il me considérait de l'air le plus piteux qui soit, je rassemblai, liai, agrafai toutes les étoffes, comme se remplumerait une tourterelle; et je m'enfuis, sauvée, en rendant grâce aux mouches!

C. M.

LA VIE DE CASERNE

EXEMPT DE CRAVATE

I

Ce jour-là, un dimanche délicieux de juillet, Lagrappe, que le médecin-major avait exempté de cravate à cause d'un furoncle à la nuque, se présenta au corps de garde sitôt sa gamelle avalée. La main gauche dans le rang et tenant le sabre, la droite ramenée en coquille sur la visière cerclée de cuivre du shako, son cou de buffle — tourné au rouge cramoisi pour avoir été frotté de sable, rincé ensuite à l'eau de puits, puis tamponné à tour de bras — émergeant nu, du col rouge aussi du dolman :

— Permission de sortir? dit-il.

Le maréchal-des-logis de garde chevauchait une chaise dépaillée. Il lui jeta de biais un coup d'œil, et froidement répondit :

— Demi-tour.

Demi-tour!...

Le soldat en demeura baba, étant coté à l'escadron pour son souci de la propreté, le bel entretien de ses armes. Il brillait d'ailleurs comme un astre ; les basanes telles que des glaces, et constellé, du col au ventre, d'un triple rang de grelots astiqués, pareils à de minuscules soleils.

— Demi-tour!...

Soudain il comprit.

— Si c'est à cause de la cravate, fit-il, j'suis exempt de cravate, maréchal des logis. C'est le major qui m'a exempté à c'matin, pour la chose que j'ai mal au cou.

— Demi-tour, répéta le sous-officier qui fumait une cigarette, les bras au dossier de la chaise.

Mais Lagrappe, fort de son bon droit, insistant, expliquant que ce n'était pas une blague, à preuve qu'on pouvait consulter le cahier de l'infirmerie :

— Hé! je me moque bien, déclara-t-il, du cahier de l'infirmerie! On ne sort pas en ville sans cravate, voilà tout. Si vous tenez à sortir, allez vous mettre en tenue; sinon rentrez et restez à la chambre. Est-ce que ça me regarde, moi, si vous êtes exempt de cravate?

Il parlait sans emportement, avec la hauteur méprisante d'une catin pour un boueux. Un léger haussement d'épaules marqua la fin de sa période; et l'autre, qu'interdisait cette face aux yeux clignotants, suante de dédain et d'insolence, distinguée à travers des paquets de fumée, sentit l'inanité d'une discussion plus longue. Il dit : « C'est bon! » fut mettre en deux temps sa cravate, et, irréprochable cette fois, décrocha son droit à sortir.

II

Or, il n'avait pas fait cent pas, qu'au coin de la rue Chanoinesse et du boulevard Chardonneret, il butait du nez dans le médecin. Mandé par estafette au quartier des chasseurs où agonisait un trompette qu'une jument venait de scalper d'un coup de pied, cet homme pressé portait la vie du même pas tranquille qu'il eût porté la mort. A la vue de Lagrappe il fit halte, et abaissant sur lui un regard tout noir de soupçon :

— Hé là! l'homme, je ne me trompe pas; c'est bien toi qui as un furoncle et que j'ai exempté de cravate à la visite de ce matin?

— Oui, monsieur le major, dit Lagrappe.

Le médecin eut un bond sur place et jura :

— Sacré nom de Dieu!

C'était un homme formidable, aux poings d'athlète semés de poils roux. D'une incapacité notoire dont il avait l'âpre conscience, il la rachetait par un absolutisme outré de brute entêtée et despote, rendant des arrêts sans appel et imposant à ses malades le culte de ses ordonnances. La cravate de l'homme au furoncle cingla ainsi que d'un soufflet sa susceptibilité chatouilleuse de cancre; et une chose qui le mit hors de lui tout à fait, fut l'intervention, révélée par Lagrappe, du maréchal-des-logis de garde. Il pensa étrangler, du coup. Ironique et exaspéré :

— Le maréchal-des-logis de garde! brailla-t-il, le maréchal-des-logis de garde! Eh! foutre! qui est-ce ici qui donne des ordres aux malades? Est-ce moi ou le maréchal-des-logis de garde? Tu seras satisfait, peut-être, le jour où tu auras attrapé un anthrax, et c'est au maréchal-des-logis de garde que tu iras demander de te poser des compresses! Bougre de rossignol à glands! Rhinocéros à boudin! Buse!

Et tout à coup :

— Veux-tu bien enlever ça, nom de Dieu! Veux-tu enlever ça tout de suite!

Lagrappe sortit de cette entrevue dans l'état d'ahurissement d'un homme qu'une main malfaisante aurait poussé, tout habillé, sous une douche. A la fin, tout de même, il se remit, et, la cravate dans la poche, il se rendit à la musique. Là, autour du tout Bar-le-Comte papotant et endimanché, qui coquetait sous la soie tendue des ombrelles, c'était le cordon multicolore des pauvres soldats sans le sou, des chasseurs et des cuirassiers venus pour tuer leur dimanche, voir *membrer* la section hors rang, décupler la saveur de leur indépendance du spectacle réjouissant de la servitude des autres. Débrouillard, expert comme pas un dans le bel art de jouer de l'épaule et de s'ouvrir la route à petites poussées lentes, le bon Lagrappe eut tôt fait de se faufiler au premier rang. Justement on jouait la marche du *Prophète*, en sorte qu'il s'égayait fort, marquant la mesure du bout de sa botte, et faisant des parties de trombone à bouche close. Une voix qui le héla dans le dos : « Pst! chasseur! » le fit retourner d'une seule pièce, et il resta pétrifié, sa belle humeur rasée comme avec une faux, à reconnaître le colonel, qui fumait un cigare énorme dans un petit cercle d'officiers.

Le colonel dit :

— Regardez-moi donc, je vous prie. — Pardieu oui! C'est bien ce qu'il me semblait, vous n'avez pas votre cravate.

Depuis bientôt vingt-cinq mois qu'il comptait à l'escadron, Lagrappe, pour la première fois, allait parler au colonel et cet immense événement lui coupait net bras et jambes. Il fut sans un souffle, le pauvre. Simplement il hocha la tête de haut en bas, en même temps précipitamment, il tirait de sa poche sa cravate. Ce rien déchaîna une trombe. Ne doutant plus que le soldat eût voulu faire l'imbécile, s'aérer le cou à cause de la grande chaleur, le colonel avait tourné au vert; et c'était à lui, maintenant, de brailler et de nomdedieuser à gueule-que-veux-tu, s'abattant des claques sur les cuisses, prenant ses officiers consternés à témoins, et demandant où on allait, si, dans les garnisons de l'Est, les soldats se mettaient à sortir sans cravate!

Il conclut :

— Remettez votre cravate.

Lagrappe éperdu, obéit.

— Demi-tour!

Lagrappe exécuta le mouvement, montrant maintenant à l'officier son dos couleur de beau temps, où s'élançaient des soutaches noires, en fusées.

— Rompez! rentrez au quartier de ce pas. Vous vous ferez porter pour quinze jours de salle-police à la pancarte des consignés.

III

Lagrappe rentra à la caserne juste comme le médecin-major, ayant achevé son trompette, en sortait. Celui-ci eut un mot, un seul :

— Encore!...

C'en était trop, aussi. Le sang le congestionna.

— Alors, c'est un parti pris? Nom de Dieu, celle-là est forte! Tu auras quinze jours de salle de police pour t'apprendre à te foutre de moi. — Et puis reviens-y, à la visite!

Lagrappe voulut se justifier, évoquer la grande ombre du colonel, mais ce lui fut peau de balle pour placer une syllabe, buté aux « veux-tu me foutre la paix! » du docteur. Sous la voûte aux échos sonores de la caserne, les éclats de voix de ce dernier tonnaient comme des coups de canon.

Il dut y renoncer.

Le soir même, il descendit au lazaro. Et quand il eut tiré quinze jours pour avoir enlevé sa cravate, il en tira quinze autres pour l'avoir conservée. G. C.

LES MEILLEURS CONTES DE

CATULLE MENDÈS ET GEORGES COURTELINE

2ÈME LIVRAISON

EN VENTE CHEZ TOUS LES LIBRAIRES

10 CENTIMES

Catulle Mendès et Georges Courteline, l'un par ses exquises et galantes histoires de la vie mondaine, l'autre par ses très bouffonnes et très vraies études de la vie de caserne, sont au premier rang des conteurs français. Il nous a semblé que nous serions agréables à tout le grand public en publiant, par livraisons illustrées, les pages les meilleures et les plus joyeuses de ces célèbres écrivains.

Chaque livraison, illustrée par nos meilleurs artistes, contiendra un conte de Catulle Mendès et un conte de Georges Courteline.

Prix de la livraison de **16** *pages, sur beau papier :* **10** *centimes.*

Vingt livraisons formeront un magnifique volume de 320 pages.

PARIS. — IMP. C. MARPON ET E. FLAMMARION, RUE RACINE, 26.

LA

VIE JOYEUSE

LA VIE DE CASERNE

POTIRON

I

Au coup de midi, l'officier de semaine Mousseret, donna ordre de faire rassembler. Il dit qu'on allait procéder à l'appel des réservistes, et que les retardataires écoperaient de quatre jours. Sur quoi le trompette de garde porta l'instrument à la bouche, et par trois fois, dans trois directions, lança la sonnerie au passage.

Chassé par les sous-officiers, le troupeau des vingt-huit jours remonta la cour du quartier ruisselante de soleil et se vint adosser aux murs des écuries en lignée interminable et bariolée; méli-mélo de toutes les castes et de toutes les armes, salades de jaquettes crasseuses et de blouses pâlies au lavage, faisant ressortir l'azur délicat d'un dolman, l'éclat d'une ceinture de spahi égarés là-dedans sans que l'on sût pourquoi. Ces gens se poussaient du coude, ricanaient, d'un rire niais de pauvres diables qui font contre fortune bon cœur et affectent de se trouver drôles, tandis qu'aux fenêtres de la caserne, des centaines d'autres figures riaient aussi.

— Appuyez, à droite! appuyez! hurlait le sous-officier de semaine. Le huit, le neuf, le dix, le onze et le douze, en arrière! Et toute la bande, là-bas, demandez-moi ce qu'ils fabriquent! Voulez-vous appuyer, tonnerre! Pompiers, va! Là, c'est bien! Assez! Ne bougez plus.

Il s'élança, vint prendre la tête du rang dont il vérifia, l'œil oblique, l'alignement irréprochable.

— Fixe!

L'appel commença. Deux minutes, ce fut une kyrielle de noms fleurant tous les fumets de France. Et les « Présents!... sent! sent! Présent! » se succédaient sans interruption, crépitaient comme une fusillade. Le beau temps tournait à l'orage ; par instant des nuages glissaient devant le soleil, projetés sur le sol en ondes galopantes.

— Potiron! appela le fourrier.

Personne, cette fois, ne répondit. Simplement, sur toute les bouches, un rire contenu grimaça, tant l'étrangeté du nom éveillait de gaieté.

— Potiron!

Même silence. Moussoret intervint.

— Eh! bien! Pas ici, Potiron? Pas de Potiron? C'est bien vu? bien entendu? Adjugé!

Et au fourrier, à mi-voix :

— Portez manquant... Avec quatre jours de prison à la clé.

— Naturellement.

L'appel achevé, le sous-officier de semaine rétrograda de quelques pas. Il commanda : « Par file à droite... droite! » et les vingt-huit jours, toujours flanqués de Moussoret, furent répartis par chambrées.

Or, au 4e peloton, on achevait de s'organiser, quand la porte, heurtée d'un coup de genou, céda, encadrant maintenant une espèce d'athlète que coiffait une casquette de loutre et que revêtait à mi-hanches le bourgeron flottant, quadrillé blanc et rose, des garçons bouchers-étaliers. De la même voix assurée et sonore dont il eût annoncé : « Sept cents grammes d'aloyau! » cet homme demanda :

— C'est ici que je compte?

Justement, le brigadier Bourre se taillait une tartine de pain, la boule-de-son entrée dans le défaut de l'épaule, avec l'air d'y jouer du violon au fil luisant de son couteau.

Il s'ébahit :

— Je l'sais-t'y? Qui que vous êtes, d'abord?

L'autre se nomma :

— Potiron.

On se tordit, mais le personnage ne s'en formalisa en aucune manière. Au contraire, il parut ravi de son effet; ses épaules soulevées par le rire, se voûtèrent en dos de bossu, en même temps qu'une grosse rigolade silencieuse épanouissait sa face de bonne gouape ingénue. Évidemment, il n'eût pas échangé contre six mille livres de rentes la joie de s'appeler Potiron.

— Ah! c'est vous qui êtes Potiron, reprit Bourre, conquis à *tant* de belle humeur; eh bien! mon vieux, faudrait qu' vous alliez trouver l' chef, y a que lui qui vous renseignera. — Et, vous savez, vous n'y coupez pas de quat' jours.

— J'y coupe pas de quat' jours!

— Non!... A faire en rabiot.

— Ah! la la!... sussura dédaigneusement Potiron. Si y a q' ces quat' jours-là pour me tomber su' la *mirette*, j' suis pas près d'attraper un compère-loriot.

Le brigadier haussa l'épaule :

— Taisez-vous donc; d' l'épate, tout ça. A quoi ça sert de rouspéter quand c'est qu'y a un ordre de l'officier de semaine?

Du coup, l'homme à la casquette de loutre resta muet. Seulement il se giffla la cuisse, et sa main soudainement dressée, la paume dehors, le pouce en l'air, en dit plus qu'un réquisitoire sur le cas que lui, Potiron, faisait de l'officier de semaine.

Il défia :

— Trente-deux jours à tirer au lieur de vingt-huit? Des patates! Ça ne fait pas avec les louchébem ces comptes-là. Salut! J' vas causer au chef.

Et ayant dit, il disparut.

II

On riait encore, qu'une voix déjà criait : « Fixe! ». Mousseret, à son tour, venait d'entrer, et, le nez au vent, il furetait.

— Hé!... est ici, l'illustre Potiron?

C'était un petit être tout nerfs, au visage travaillé de tics continuels, à la moustache blondâtre et molle, moussant mal sur un champ de dartres enflammées.

Bourre prit la parole :

— Mon lieutenant, le réserviste Potiron sort d'ici à la minute même. A c' t'heure, il est au bureau.

Tout de suite, l'officier tourna bride. Sur son dos, soutaché d'élégantes fusées noires, la porte, ramenée, claqua. En vingt pas, il fut chez le chef, homme de bien qui pour le quart d'heure, mettait à jour les livrets matricules, imputant des carreaux cassés et des bouchons de fusil perdus au compte des cavaliers partis en permission ou en congé de convalescence. Ayant su de quoi il s'agissait :

— Potiron? Il est à l'habillement, mon lieutenant! Il est allé se faire équiper.

L'officier reprit sa course, gagna le magasin dont il franchit le seuil. Le malheur est qu'au même instant Potiron en sortait par la porte opposée. De nouveau il se dut rabattre sur la chambre; mais Potiron l'avait traversée comme une flèche, le temps de déposer ses hardes sur son lit. Maintenant, il était chez le barbier, ainsi que Bourre le donna à entendre; et le fait est qu'il eût été chez le barbier s'il n'eût déjà cessé d'y être lorsque le sous-lieutenant survint pour l'y rejoindre.

— Ah çà! fit alors celui-ci, est-ce que je vais passer ma journée à courir après cette brute? Ce serait raide, par exemple!

Raide ou non, il en fut ainsi : une fatalité inouïe s'entêtant à amener le soldat sur un certain point de la

caserne tandis que l'officier le cherchait sur un autre. Et le plus joli de l'affaire fut que Potiron manqua à l'appel du soir comme il avait manqué à l'appel de midi, si bien que Mousseret éclata, quand, passant la visite des chambres et posant cette question bien simple : « Voilà un lit vide; qui l'occupe? » Bourre, qui protégeait de ses doigts la flamme couchée de la chandelle, répondit impassiblement :

— Le réserviste Potiron.

— Potiron! encore Potiron! toujours Potiron! cria-t-il. Ce n'est pas possible, à la fin; ce client-là se paye notre figure à tous!

Il écumait. Sur ses talons, le sous-officier de semaine faisait halte sans souffler mot. Il paya pour deux.

— C'est comme vous! Que fichez-vous là à me regarder comme une huître? Vous allez me faire le plaisir de cavaler au corps de garde dire qu'on me coffre Potiron sitôt son retour au quartier! Tout de suite! A l'œil! de pied ferme!

Et il trépignait, lâchait son monocle qu'il rattrapait au vol pour se le revisser aussitôt sous l'orbite.

Tout ceci n'empêcha nullement Potiron de réintégrer la chambrée un coup que Mousseret n'y fut plus. Il était gai comme un pinson et gris comme une petite caille.

Ce fut une stupeur.

— Potiron!

Lui, ricanait, jouissait de l'étonnement général. Il conta qu'il avait coupé à la prison en se portant nouveau-malade, après quoi, il annonça qu'il allait faire des tours de force. Il enleva donc son dolman, apparut pantalonné de rouge jusqu'aux aisselles, et, tour à tour, fit le manchot, puis le cul-de-jatte. Il avait retiré sa culotte, comme gênant l'élasticité de ses mouvements; et c'est ainsi que Bourre, qui s'était absenté un quart d'heure, le surprit dressé sur les mains, la chemise retombée en jupe autour des bras et de la tête.

— Hein! quoi! cria-t-il effaré; en v'là un qui fait le saltimbanque!

Puis l'œil mis-clos, la lippe tendue :

— Ah ... a! mais...

Il cherchait. Sûr, le personnage ne lui était pas inconnu. Soudain, il tressauta :

— Eh! c'est Potiron, nom d'une trousse! Pourquoi qu' vous n'êtes pas à la boîte?

Congestionné, suant par tous les pores du visage la joie de vivre et l'orgueil des santés débordantes :

— Je suis malade, dit Potiron.

III

Le premier soin de Mousseret, en arrivant au quartier le lendemain, fut de passer au corps de garde :

— *Eh ben! Potiron?*

Cinq heures sonnaient. Par la croisée du poste, ouverte sur la grand'route, une aube de printemps entrait, rose et tiède, la douceur infinie des journées qui s'éveillent et qui promettent d'être belles. Une rousseur de soleil indécis cuivrait le sol, grimpait à la plinthe du mur, s'allait perdre sous l'ombre d'un lit de camp que chargeaient trois corps endormis, trois manteaux aux collets dressés d'où rejaillissaient en brosses rases trois crânes tondus à l'ordonnance. Seul, le sous-officier veillait, bouquinant les loques d'un roman cent fois lu et relu déjà, et que, de temps immémoriaux, une garde repassait à l'autre.

A l'entrée de Mousseret, il se leva, prit la position militaire :

— Potiron, mon lieutenant, est rentré à neuf heures.

— Ah! ah! Et il est sous clé?

— Non.

— Comment, non!

Le maréchal des logis eut le geste qui n'en peut mais : « Potiron s'était porté malade, et dame!... » Cela suffit. Mousseret, d'une traite, fila sur la chambre, que du reste il trouva vide. Pourtant, un élève trompette, exempt de service, qui fourbissait au tripoli le pavillon de son instrument, donna un renseignement précieux :

— Potiron est aux cabinets.

— Bon, dit Mousseret, je vais l'attendre.

Il était fixé. C'était la plaisanterie de la veille qui recommençait.

Il ravala un sourd juron, vint se camper au seuil de la porte. Cinq minutes s'écoulèrent, puis dix, puis dix autres. Il attendait toujours, muet, cinglant du bout de sa cravache la double bande azur de sa culotte de cheval. Tout rageait en lui, tout! depuis son nez camard sillonné de soubressauts nerveux, jusqu'à la pointe aiguë de sa botte!

— Chameau! murmura-t-il.

Et comme, à ce moment, le brigadier des ordinaires passait, il lui jeta une question au vol :

— Pas vu Potiron, Misaupoint?

— A la cantine ! dit le soldat. Nous venons de prendre un marc ensemble.

A la cantine?... Malade et puni de prison, le drôle buvait à la *cantine*?... L'*officier*, déjà, *y était!* Mais Potiron, lui, n'y était plus; passé chez le casernier acheter un savon, puis, à l'habillement échanger son képi, puis aux cuisines carotter un potage, puis à la visite du médecin. Là à vrai dire, il ne prit pas racine; en deux temps, il *fut expédié* :

— Ouvrez la bouche, tirez la langue, voyons ce pouls. Très bien, vous êtes un fricoteur.

Il sortit...

— Potiron est là? demanda Mousseret qui entrait.

— Il sort d'ici, dit le médecin. Vous le rattraperez à deux pas.

Alors Mousseret n'insista plus. Il en avait assez, aussi. Tranquillement il alla au poste, fit sonner aux brigadiers et aux maréchaux-des-logis, leur enjoignant d'avoir à se saisir du réserviste Potiron en quelque lieu qu'il le trouvassent. Si Potiron n'était bouclé dans un quart d'heure, tout le clan des gradés coucherait à la boite!

Dans ces conditions la lutte devenait impossible; et en effet, cinq minutes ne s'étaient pas écoulées que le sous-lieutenant était sonné au corps de garde.

— Nous le tenons, dit le maréchal-des-logis.

— Parfait.

Il soufflait bruyamment, il demanda :

— Vous l'avez fourré en cellule?

En cellule? Non. La brouette au derrière, la pelle à fumier en travers, on l'avait envoyé enlever le crottin dans la cour du rapport. Mousseret n'en demandait pas plus. Allègre, sifflotant, la cigarette au bec, il gagna la cour du rapport; il vit une brouette, une pelle et un pâté de crottin qui fumait au soleil, mais de Potiron aucunement; le joyeux Potiron s'était donné de l'air après avoir enlevé sa blouse, fourré son callot dans sa poche et rabattu sur ses sabots les replis de son pantalon de prisonnier. Mousseret tempêta, hurla, consigna le quartier d'office, jusqu'à la gauche; peine perdue! Les journées succédèrent aux journées, les semaines croulèrent sous les semaines. Jamais plus on n'ouït parler de Potiron au 51e des chasseurs à cheval.

G. C.

LA VIE MONDAINE

LA CURIOSITÉ PUNIF

Furibond, sauvage et meuglant, comparable au taureau qui se rue dans l'arène, M. Jean de Cléguérec se précipita dans la chambre, nid de dentelle et de soie, toute pénombre et tiédeurs, où sa femme à demi éveillée, aspirait sous l'enveloppement de ses cheveux l'odeur encore de ses rêves récents; et, tout à fait formidable :

— Madame, cria-t-il, j'ai tué votre amant !

Elle ne comprit pas d'abord; elle leva sa mignonne tête, écarta de ses paupières un peu battantes le désordre des frisons.

— Hein ? qu'est-ce ? que voulez-vous ? Il doit être midi à peine; voilà une heure bien choisie pour éveiller une personne qui ne cessa point de valser avant l'heure où l'aurore éteint de sa clarté les lustres.

Il reprit, plus épouvantable :

— J'ai tué votre amant, vous dis-je! en duel ! ce matin! dans le bois de Meudon!

Alors elle fondit en larmes ; et vous n'auriez pas manqué de vous sentir l'âme aussi émue que possible si vous aviez pu voir et entendre comme elle se désolait, la pauvre jeune femme. Franche pour la première fois, — tant le chagrin l'affolait, — elle ne songeait même pas à jurer qu'elle était innocente, qu'elle n'avait jamais trompé son mari, et qu'il s'était ensanglanté sans raison.

— Ah ! mon Dieu ! Adrien ! cher Adrien ! je l'aimais tant ! il avait une si exquise façon de me serrer sur son cœur ! Les propos que, dans nos solitudes nocturnes, il me tenait tout près de l'oreille étaient si tendres et si griseurs ! Quant à ses baisers, pour être paradis, il ne leur manquait que d'être éternels ; et ils étaient longs, très suffisamment.

Un diable dans quelque chaudière d'huile bouillante ne se démènerait pas plus que ne le fit le violent époux !

— J'en apprends de belles ! vociféra-t-il, non sans vingt jurons. Mais ce n'est pas Adrien que j'ai traversé de part en part d'une lame vengeresse !

Elle sanglota plus désespérément :

— Hélas ! hélas ! Ludovic ! mon pauvre Ludovic ! je l'adorais avec tant de ferveur, et il était si digne de ma passionnée tendresse ! Jamais je ne connus un délice comparable à celui dont m'enivrait le souffle de sa bouche à mon cou. Lorsqu'il mettait sa main dans mes cheveux, il me semblait que des flammes, mais de très douces flammes, lui sortaient des doigts et me pénétraient toute, et me parcouraient toute. Une fois, je crus mourir, — ah ! sans aucune douleur — d'un frisson que me causa le frôlement, sur mes lèvres, de sa moustache.

Le mari grinçait des dents de si terrible façon que les

vitres, derrière les mousselines, s'en émurent et vibrèrent.

— Abominables révélations! hurla-t-il. Mais ce n'est pas Ludovic que j'ai couché sur le pré d'un juste coup d'épée!

Elle pleura plus abondamment, en se tordant les bras:

— O désastre! ô catastrophe! Valentin! Valentin chéri! son amour m'était si précieux, si indispensable, que je languissais jusqu'à devenir malade, lorsque je demeurais deux jours seulement sans l'aller voir dans la garçonnière meublée d'un lit, de sophas, et de quatre chaises longues. Et jamais, durant mes visites, aucun de ces meubles ne resta inutile. Car celui que vous avez frappé en votre exécrable rage était un de ces amants-héros, si peu fréquents en nos jours sans prodiges, qui à la perfection en leurs tendres travaux ajoutent le miracle du Nombre!

M. de Cléguérec trépignait, défonçait des talons, à travers le tapis, le parquet!

— Confession exécrable! aboyait-il, enragé. Mais ce

n'est pas Valentin que j'ai atteint, après un dégagement, en pleine poitrine!

Elle poussa des cris déchirants, prit ses cheveux à pleins poings comme pour les arracher tous.

— O malheur sans pareil! ô calamité suprême! Marcel! mon cher Marcel!...

Mais, alors, son mari l'interrompit, tout à coup calmé, et, d'un ton où il y avait cette fois plus d'alarme que de colère :

— Non, tenez, restons-en là, dit-il. Le stratagème que ma jalousie curieuse imagina pour s'informer des choses n'a que trop réussi. Je préfère vous avouer que je n'ai tué personne; car si je continuais l'épreuve, je finirais par apprendre que vous avez aimé toute la terre

C. M.

LES MEILLEURS CONTES DE

CATULLE MENDÈS ET GEORGES COURTELINE

3ème LIVRAISON

EN VENTE CHEZ TOUS LES LIBRAIRES

10 CENTIMES

CATULLE MENDÈS et GEORGES COURTELINE, l'un par ses exquises et galantes histoires de la vie mondaine, l'autre par ses très bouffonnes et très vraies études de la vie de caserne, sont au premier rang des conteurs français. Il nous a semblé que nous serions agréables à tout le grand public en publiant, par livraisons illustrées, les pages les meilleures et les plus joyeuses de ces célèbres écrivains.

Chaque livraison, illustrée par nos meilleurs artistes, contiendra un conte de CATULLE MENDÈS et un conte de GEORGES COURTELINE.

Prix de la livraison de 16 *pages, sur beau papier :* **10** *centimes.*

Vingt livraisons formeront un magnifique volume de 320 *pages.*

PARIS. — IMP. C. MARPON ET E. FLAMMARION, RUE RACINE, 26.

LA

VIE JOYEUSE

LA VIE MONDAINE

L'ALLÉE

DES PLATANES

Dans le pavillon-atelier, tout au fond de la longue, longue allée de platanes, — si longue qu'il faut plus de quatre minutes pour aller de la grille du jardin à la porte de la maisonnette, — Mme Lise de Belvélize rend visite au peintre Sylvère Bertin. Certes, c'est une étrange hardiesse qu'elle a eue de venir ainsi, sans son mari, sans l'amie qui d'ordinaire l'accompagne, toute seule enfin, chez ce jeune homme qui passe pour être fort téméraire non moins en gestes qu'en propos, et de qui elle sait bien qu'elle est, depuis trois mois, si éperdûment désirée. Mais elle n'est point de celles qu'on

affronte, fût-ce seulement d'un regard un peu trop vif : elle a, dans sa grâce mignarde, un air de hauteur, — l'air d'une reine poupée, — qui impose la vénération aux plus irrévérencieux; là où toute autre risquerait d'être obligée à quelque rougeur, elle ne court aucun danger. C'est donc sans appréhension que, par curiosité de voir un atelier d'artiste avec ses mille bibelots et ses toiles inachevées, elle est entrée dans le pavillon. Quoi! par curiosité. Seulement? seulement. Elle n'éprouvait aucune tendre inclinaison d'âme vers Sylvère Bertin, bien fait de sa personne et dont la bouche est si fraîche sous d'épaisses moustaches noires? aucune; et, bien qu'à tout hasard, — car l'impossible même est possible, — elle eût exagéré sous la jupe de faille l'élégante profusions des dessous tout d'alonçon et de malines, elle était en vérité aussi désireuse que sûre d'être respectée.

Sa confiance d'abord n'a pas été déçue! Sylvère a salué la visiteuse avec la plus irréprochable déférence; il ne s'est point trop rapproché d'elle en lui montrant ses ébauches; il n'a point tenté de lui frôler les doigts en lui mettant dans la main les frêles cornets d'Yeddo, les petites idoles de jade vert qui font comme un autel de la cheminée voilée d'une chasuble aux chamarrures d'or; même il n'a pas eu un frémissement des paupières, qui eût été fort malséant, lorsqu'il lui a fait admirer, derrière la table à modèle, dans un angle un peu sombre, les satins anciens et les fourrures de la chaise-longue, naturelle évocatrice pourtant des coupables désirs. De sorte que, satisfaite, — satisfaite? eh! oui, vous dit-on, autant qu'on le saurait être — elle va se retirer et déjà incline le cou en un petit salut très digne, lorsque soudain, après avoir pris à plein poing ses cheveux comme un héros de mélodrame qui sent venir la folie, Sylvère Bertin s'écrie : « Eh bien! non! » et se précipite aux genoux de Lise de Belvélize en tendant ses bras qui ne tarderont pas à étreindre la fuyante résistance de la jupe justement indignée.

Ah! que n'êtes-vous là, sceptiques contempteurs des mondaines mœurs d'à présent! comme vous seriez contraints d'admirer l'attitude de l'honnête jeune femme! Frémissante de courroux, mais un sourire de royal mépris au retroussis de la lèvre, elle lève la main en geste d'écartement auquel on ne saurait rien répliquer; puis, par quelques brèves paroles, elle fait comprendre à l'impudent toute l'outrageante extravagance de la conduite qu'il tient. Pour qui la prend-il? quelle pensée avait-il donc conçue? l'imaginait-il capable de manquer à ses devoirs, aux saints engagements qu'elle a contractés envers le marquis de Belvélize? Vraiment elle n'aurait pas attendu, d'un homme bien élevé, une si grossière audace; « et vous devriez en rougir, Monsieur! » achève-t-elle. Rougir? Sylvère Bertin semble admettre, en effet, devant tant de hautaine vertu, que c'est le seul parti qu'il lui reste à prendre; il se relève, les pommettes rosées comme celles d'un enfant pris en faute, se détourne avec un air de très humble repentir; et Mme de Belvélize, qui fièrement a poussé la porte, fait un pas hors l'atelier.

Mais alors :

— Ah! mon Dieu! dit le peintre d'une voix épouvantée.

— Quoi donc?

— Ah! mon Dieu! ah! mon Dieu!

— Qu'y a-t-il? expliquez-vous!

— Là-bas... par ce vitrail, regardez... dans l'allée...

— Dans l'allée?

— Oui, près de la grille, à côté de la loge...

— Eh bien?

— Il s'informe... Il va se diriger de ce côté...

— Qui donc?

— Votre mari!

Pleine de l'effroi d'être aperçue, affolée, Lise de Belvélize se jette au fond de l'atelier!

— Mon mari! Il m'aura suivie! Il sait que je suis ici!

— Non. C'est peu probable. Il vient souvent me voir en passant.

— N'importe! Que pensera-t-il s'il me trouve chez vous, seule? Je suis perdue, il me tuera.

Elle parle d'une voix bégayante, la tête entre les mains.

— Je vous sauverai! dit le peintre avec un geste magnanime. Voulez-vous que je l'attende derrière la porte et que je l'étrangle avant qu'il ait franchi le seuil?

— Non... Cherchons quelque autre moyen avant de nous résoudre à cette extrémité. Faites-moi sortir!

— Impossible! pas d'autre issue que celle-ci, il vous verrait.

— Cachez-moi!

— Aucune autre chambre que cet atelier.

— Dans une armoire?

— Voyez : pas d'armoire!

— Derrière ces tapisseries?

— Il est curieux, il a l'habitude de fureter partout.

— Eh bien! tout simplement, barricadez la porte; quand il frappera, n'ouvrez point : il croira que vous êtes absent.

— Le concierge a dû lui dire que j'étais là.

— C'est épouvantable! on n'aura pas besoin de me tuer : je me sens mourir de peur.

Mais Sylvère Bertin, après un coup d'œil vers l'allée :

— Voyons, ne perdons pas la tête. Du calme! Il vient seulement de dépasser le premier platane à gauche. Il y en a quatorze de chaque côté. Nous avons du temps. Réfléchissons.

— Ah! oui, oui, réfléchissez, inventez quelque chose!

Il songe, l'œil fixe, la bouche crispée.

— Ah!

— Eh bien? gémit-elle anxieuse.

— J'ai trouvé! je réponds de tout.

Il s'élance, décroche du mur un long voile de gaze pailleté d'or, parure de danseuse orientale, oripeau dont il avait paré, sur une toile, quelque almée.

— Enveloppez-vous toute la tête avec ceci.

— Pourquoi?

— Ne perdons pas une seconde en vaines paroles! Un tour encore. Un autre tour. Bien. Maintenant montez sur la table à modèle.

— Sur la table?...

— Eh! oui. Là, voilà, il ne pourra deviner qui vous êtes, il vous prendra pour une femme qui pose. Et je le renverrai très vite.

— La bonne invention! Je monte.

Mais Sylvère Bertin frappe des mains avec fureur.

— Je suis un sot! Mon idée est absurde! Il connaît votre robe. Et, d'ailleurs, on ne pose pas dans cette toilette, avec un voile d'or sur le visage.

— C'est vrai! c'en est fait de moi!

Il réfléchit encore.

— Allons, reprend-il avec un air de résolution terrible, c'est le seul moyen : il le faut!

— Oh! vous allez le tuer!

— Non. Déshabillez-vous.

— Comment?

— Déshabillez-vous. Les modèles sont nus : mettez-vous toute nue.

— Moi! que que je...

— La face couverte... sans robe...

— Vous êtes fou!

— ... Sans chemise, sans rien...

— Je ne veux pas!

— ... Vous ne serez pas reconnue. Pour l'amour de Dieu, faites-vite! je cacherai les vêtements sous les meubles.

— Mais c'est impossible! vous perdez le sens.

— Madame, votre mari doit avoir dépassé le cinquième platane!

— Il faudrait que, devant vous...

— Le sixième!

— Je m'évanouirais de honte.

— Le septième!

— Quelle honnête femme pourrait se résoudre?...

— Le huitième!

— Se dévêtir, c'est presque plus terrible que...

— Le neuvième!

— Si au moins vous me juriez...

— Le dixième!

— ... De ne pas regarder de mon côté!

— Le onzième!

— Ah! quelle affreuse chose!

— Mais quoi! il faut bien qu'elle se résigne à l'abominable nécessité. Le corsage, la jupe, le corset, puis les intimes soies et les suprêmes batistes, elle arrache tout, comme un oiseau qui se plumerait lui-même. Rien que le visage voilé de gaze, d'or, voici qu'elle est debout sur la table modèle, pareille à une éblouissante déesse à qui resterait jusqu'au cou un peu de la nue des cieux quittés! Et elle frissonne tout entière. Mais elle est si bourrelée d'alarmes à cause de celui qui va frapper à la porte, de celui qui va entrer, qu'elle ne s'inquiète pas, dirait-on, de Sylvère Bertin, ébloui, éperdu, écarquillant les yeux vers elle, tendant vers elle ses mains ardentes!

Cependant, une minute écoulée :

— Eh bien? dit-elle sous le voile.

Il ne répond pas, extasié.

— Eh bien! mon mari? Je n'entends rien. Est-ce qu'il n'a pas encore dépassé le dernier platane?

— Ah! Madame, s'écrie Sylvère en tombant à genoux, votre mari n'est pas venu, et ne viendra pas. Me pardonnerez-vous le stratagème dont j'usai pour obtenir le plus incomparable enchantement qui fut jamais permis à des yeux mortels!

Et il courbe le front comme quelqu'un sur qui va tomber la foudre. Mais, au lieu du tonnerre, c'est un petit rire qui sonne dans l'air tout près de lui. Il jette un cri de joie! et, l'ayant enlacée, il l'entend lui dire à l'oreille : « Bête! vous pensiez donc que je ne l'avais pas devinée, votre ruse! » tandis qu'elle se laisse entraîner vers la chaise longue, vêtue, elle, de satins anciens et de douces fourrures. C. M.

LA VIE DE CASERNE

JE M'EN FOUS!

I

On connaît la question posée un jour par un général inspecteur, au colonel du régiment qu'il visitait :

— Dites-moi, colonel, vous veillez à la propreté de vos hommes, j'aime à croire?

— Mon général, fit le colonel, j'y apporte les plus grands soins. Mes hommes se lavent à grande eau tous les jours.

— Et ils s'essuient avec leurs draps de lit, sans doute?

— Oh! mon général, jamais!

— Comment jamais? dit le général très surpris; vous touchez donc des serviettes?

Le colonel répondit tranquillement :

— Pardonnez-moi, mon général, nous ne touchons pas de serviettes.

Cette anecdote est trop invraisemblable pour n'être point rigoureusement vraie. Obliger les hommes à se laver et ne leur point donner de serviette, toute l'ânerie militaire est là, et nul n'aura vécu l'existence de caserne qui ne saluera point au passage la réponse du colonel, à l'instar d'une vieille connaissance.

Par bonheur, tenu de cirer jusqu'à la semelle de ses bottes et de faire disparaître, à grand renfort de grès, la moindre piqûre de rouille demeurée à son éperon, le militaire, pour l'habitude, n'est astreint à la propreté que dans les proportions qu'il se dicte lui-même. Rien ne l'oblige, bien qu'en dise le colonel de l'histoire, à se tremper le visage dans l'eau ses trois ans de congé durant, et cette circonstance simplifie quelque peu la soi-disant nécessité où on le place d'avoir à se laver sans serviette.

Du reste, le jour où le pauvre diable, mis en demeure de se rincer le cou, s'enhardirait au point de poser à son chef l'audacieuse demande : « Avec quoi m'essuierai-je? » il aurait des chances sérieuses de s'entendre jeter au nez ce sempiternel : je m'en fous! qui constitue, au régiment, le dernier mot de l'argument sans réplique, ce « je m'en fous », où se renferme tout entière la stupide brutalité du régiment devant lequel toute difficulté s'aplanit, toute discussion se clôt, toute question se tranche : Je m'en fous ! Je m'en fous ! Je m'en fous !

— L'homme de chambre, un coup de balai !

— Pas de balai.

— Je m'en fous ! La chambre n'est pas propre, vous serez consigné quatre jours.

— L'homme de chambre, à l'eau !

— Pas de cruche.

— Je m'en fous, le plancher est sec, vous coucherez à la boîte ce soir.

— L'homme de chambre, un coup de torchon !

— Pas de serviette.

— Je m'en fous ! La table est mouillée, vous aurez deux jours sall'police.

Et voilà comme, au régiment plus qu'en nul autre lieu du monde, « impossible » n'est pas français.

II

Le sous-officier de semaine ouvrit d'une poussée la porte de la chambre, lança de toutes ses forces : « Au trot ! Un homme de corvée, au fourrage ! Pantalon de treillis et blouse ! » et disparut, toujours courant.

Dans la chambre, on ne s'émut pas ; c'est à peine s'il y en eut un qui leva le nez ; les hommes, tout aux préparatifs de la revue de linge et chaussures annoncée pour l'après-midi, parurent n'avoir rien entendu, continuant d'astiquer de leurs curettes de bois, les molettes de leurs éperons, et cirant sur leurs mains les lourds pantalons de cuir pendus aux angles de la planche à pain.

— Eh ben, demanda le brigadier, qui c'est qui s' décide, à c' t'heure?

Quelques ricanements s'élevèrent, mêlés de blagues. Un loustic sonna au brigadier de semaine

> Comment trouv' tu l' métier,
> Brigadier,
> Comment trouv' tu l' métier?

Et ce fut tout.

Le brigadier reprit :

— C'est-y qu' personne ne s' dévoue?

— Non, fit simplement Lagrape, très occupé pour le moment à carrer mathématiquement le pied de son lit, tu repasseras demain, mon vieux.

Le brigadier eut un haussement d'épaules, puis après un instant de silence pendant lequel ses regards coururent d'un lit à l'autre, quêtant vainement un peu de bonne volonté :

— Voyons, Faës, fit-il doucement, vas-y, puisque tu n' fais *ren*.

Faës, étendu sur le dos, fumait sa pipe avec des airs de sybarite. A l'appel de son nom, il se souleva du bras et, sur le ton d'une extême surprise, demanda :

— C'est à moi que tu parles?

— A qui qu' tu veux qu' ce soit? fit l'autre.

— Eh ben, mon colon, dit Faës, faut croire que c'est l' monde ertourné, pisque c'est les hommes ed' la classe qui sont commandés de fourrage durant que les bleus n'en fichent pas une secousse. A c't' heure, j'astique ma plaque de couche et c'est cor' pas toi qui m' feras lever. Voilà tout ce que j'ai à te dire.

Le brigadier perdit patience :

— Nom de nom! C'est ty à qu' c'est qu' c'est que vas faire la corvée moi-même? Tout ça commence à m'embêter; il m' faut un homme de corvée, j' sors pas de là; arrangez-vous comme vous voudrez.

— Eh bien, commande un bleu, répliqua Faës; y sont là pour un coup, pas vrai?

Et il retomba sur son lit.

Cependant dans le clan des *bleus* des murmures s'étaient élevés :

— Ah! ben vrai, encore les bleus!

— On ne nous fichera pas la paix, donc, à la fin!

— Assez, la classe! tous feignants!

— On se fiche de nous, c'est sûr.

— Silence! commanda le brigadier. Puis s'approchant d'un brave garçon qui était resté sans parler, matriculan. ses caleçons au fil rouge :

— Allons, Venderague, debout; mettez-vous en tenue, mon garçon.

— Moi! fit le soldat; mais je ne peux pas. J'ai mon truc à matriculer pour à c' soir; si c'est pas fait, j' ramasserai de la boîte!

— Je m'en fous, dis le brigadier.

— Mais...

— Vous aurez deux jours sall' police! Fichez-moi le camp au fourrage, et au trot! En voilà encore un client!

Le pauvre diable, convaincu, rangea son fil et son aiguille, tira délicatement sa blouse d'écurie, étroitement pressée par la charge, entre le pantalon de cheval et le dolman, se l'appliqua sur le dos, et sortit. A peine avait-il fait trois pas, qu'une main lui tomba sur l'épaule.

— Où diable courez-vous si vite? demanda le fourrier de l'escadron.

— A la corvée de fourrage, dit l'autre.

— Ah bah! Dans cette tenue?

— Mais, dame!

— Mon brave, dit tranquillement le fourrier, vous coucherez à la boîte ce soir; on ne fait pas le fourrage en tenue de prison.

Vanderague poussa les hauts cris :

— Mais, fourrier, est-ce que je sais, moi! C'est l'ordre du maréchal des logis de semaine!

— Je m'en fous, répliqua le sous-off. Allez-moi mettre votre veste.

— Venderague rentra à la chambre, jurant comme un palefrenier, flanquant toute sa charge en l'air, cherchant dans tous les coins sa veste disparue. Dans la cour, le trompette de garde sonnait la distribution.

— Dépêchez-vous donc, Venderague, dit complaisamment le brigadier, vous allez vous faire fiche au bloc.

Vanderague affolé, cherchait :

— Voilà que j'ai perdu ma veste, maintenant! Eh ben, nom de nom, je suis propre! Ah le cochon de métier, bon Dieu!

Enfin, il retrouva sa veste... qu'il avait gardée sous sa blouse. De nouveau, il prit son galop, se lança dans l'escalier, sautant cinq marches à la fois.

— Dehors, rangés en file devant le corps de garde, les camarades piétinaient, n'attendant plus que lui pour partir.

— Oh hé, dites donc, Vanderague, hurla de loin le

sous-officier de semaine, faut plus vous gêner, mon garçon, nous sommes là pour vous attendre.

Vanderague essoufflé, se plaça sur le rang.

— C'est pas de ma faute, dit-il, le four...

Mais il n'en put dire davantage.

— Ah çà, vous v'là en veste, maintenant! Ah bien, il ne manquait plus que ça!

— Quoi, en veste? dit Vanderague.

Le maréchal des logis continua :

— Vous venez au fourrage en tenue de classe?

— Mais, puisque c'est le fourrier lui-même...

— Je m'en fous! Vous aurez quatre jours sall' police. Allez mettre votre blouse, et au trop. Qu'est-ce qui m'a bâti un pierrot comme ça!

Vanderague fut mettre sa blouse.

Il fit deux nuits de lazaro pour le compte du brigadier, une nuit pour le compte du fourrier; quatre nuits pour le compte du maréchal des logis; et, son linge n'étant pas marqué, huit nuits pour le compte de l'officier de semaine : en tout, quinze belles et bonnes nuits pour avoir ponctuellement exécuté les instructions de ses supérieurs.

L'existence du militaire est pleine de ces heures charmantes.

G. C.

LES MEILLEURS CONTES DE

CATULLE MENDÈS ET GEORGES COURTELINE

4ème LIVRAISON — EN VENTE CHEZ TOUS LES LIBRAIRES — 10 CENTIMES

CATULLE MENDÈS et GEORGES COURTELINE, l'un par ses exquises et galantes histoires de la vie mondaine, l'autre par ses très bouffonnes et très vraies études de la vie de caserne, sont au premier rang des conteurs français. Il nous a semblé que nous serions agréables à tout le grand public en publiant, par livraisons illustrées, les pages les meilleures et les plus joyeuses de ces célèbres écrivains.

Chaque livraison, illustrée par nos meilleurs artistes, contiendra un conte de CATULLE MENDÈS et un conte de GEORGES COURTELINE.

Prix de la livraison de 16 *pages, sur beau papier :* **10** *centimes.*

Vingt livraisons formeront un magnifique volume de 320 *pages.*

PARIS. — IMP. C. MARPON ET E. FLAMMARION, RUE RACINE, 26.

LA
VIE JOYEUSE

LA VIE DE CASERNE

UN MAL DE GORGE

Ce matin-là, il faisait un tel froid, que La Guillaumette se sentant le nez gelé rien que de l'avoir sorti hors de ses couvertures, demeura immobile en son lit, recroquevillé sur lui-même. Autour de lui, dans l'obscurité, les camarades s'habillaient en silence, décro-

chaient sous leurs charges leurs musettes de pansage, frappaient les pieds des couchettes du bout troussé de leurs sabots. Levé le premier, le brigadier pressait ses hommes, passant de lit en lit, semblable dans la nuit, avec sa longue blouse blanche, à une tache blême qui se fût promenée. Quand il fut parvenu au lit de La Guillaumette, il étendit la main, palpa la couverture :
— Eh bé, dis donc, La Guillaumette, c'est-y qu' tu n' vas pas te lever? Allons, debout! A la corvée!

La Guillaumette réfléchit quelques secondes, partagé entre l'inquiétude de coucher le soir à la boite et le plaisir de rester « pieuté » par une température semblable. Enfin la mollesse l'emporta. Il était lâche devant le froid comme un chat devant un seau d'eau.

— Ah zut! fit-il; j' me lève pas; j' suis malade.

— T'es malade! dit le brigadier. Et qué qu' t' as core, à c' t' heure?

La Guillaumette haussa les épaules sous le drap :

— Tu m'embêtes. J'ai la peau trop courte.

Le brigadier se tut, contempla un moment la masse inerte de La Guillaumette, puis s'en alla de son pas tranquille : — Quelle flemme!

Lentement la chambre se vidait; les hommes gagnaient les écuries, les musettes sous le bras, en manches de chemise ou en tricot, malgré ce froid terrible de la matinée, qui entrait par la porte ouverte, glaçait la terrine d'eau sale et le fond humide des quarts laissés sur la table, la veille. En un instant elle fut déserte. Il y en avait à présent pour deux heures de tranquillité.....

La Guillaumette, qui s'était rendormi, ne s'éveilla qu'assez tard. Il ouvrit les yeux, vit le plancher balayé et pas mal de lits recouverts. Les hommes étaient à la manœuvre. Seul, un trompette, exempt de service, astiquait d'une peau de daim la coquille de son sabre. La Guillaumette fut pris d'une légère angoisse.

— Est-ce que la visite est sonnée?

— Non, fit le camarade, pas encore.

La Guillaumette respira.

— Quelle heure qu'il est? — Huit heures et demie.

— Bon, ça ne tardera pas beseff. Va falloir se lever, quelle scie!

Le trompette ne répondit pas, examinant son travail de tout près, passant son doigt rouge de tripoli entre les branches de sa poignée. A la fin :

— T'es malade? Qué q' t' as?

La Guillaumette ricana :

— J'ai que j'y couperai pas de mes quatre jours!

Au fond, la perspective d'un redoutable : « N'est pas malade », suivi des quatre jours de salle de police traditionnels, commençait à le rendre rêveur. Il resta silencieux, les genoux dans les bras. Puis, à haute voix :

— Avec ça, j' suis frileux comme une poêle à marrons.

Mais son insouciance l'emporta : — Barca! Je dirai au major que j'ai mal à la gorge. Si ça ne prend pas, tant pis. Je suis de la classe pour un coup! D'ailleurs, ça se voit pas, le mal de gorge.

La Guillaumette arriva le dernier à l'infirmerie. Il s'était composé une tête de circonstance : la figure jaune, point rasée, enfouie dans le collet dressé de son manteau; la tignasse un peu longue, éparse; la toque d'écurie enfoncée jusqu'aux yeux à la manière d'un bonnet de nuit. Son entrée fit sensation.

Assis devant une table couverte de mouchetures d'encre et sur laquelle s'ouvrait le cahier d'infirmerie, le médecin procédait à la consultation. Près de lui, un grand diable s'expliquait : parlait d'écorchures aux cuisses, de chairs mises à vif, de douleurs cuisantes. Le major l'interrompit :

— C'est bon. Baisse ton pantalon.

L'homme enleva sa culotte, retroussa sa chemise et tendit ses fesses nues. Il y eut un silence. Le médecin examinait. Soudain, il se mit la plume entre les dents, avança le visage, et, du bout de son doigt, toucha légèrement une des plaies : — Ça te fait mal quand je touche ?

Le cavalier, toujours courbé, répondit :

— Oui, monsieur le docteur, ça me cuit.

— Bah, dit l'autre, ça n'est pas grave. Enfin !...

Il reprit sa plume : — Rhabille-toi.

L'homme se redressa, la face cramoisie. Penché sur le cahier, le médecin prononça :

— Exempt de cheval, deux jours. Un bain de siège d'eau salée et de la poudre d'amidon.

Puis, il appela : — Chantavoine!

Un des malades se détacha du fond.

— Monsieur le docteur, j'ai attrapé un mal au pied; y a deux jours que j' peux pas...

— Enlève ta chaussette.

Chantavoine laissa tomber son sabot, posa son pied sur une chaise et déligota les bandelettes qui le lui emprisonnaient. De nouveau, le docteur penché, examina. — Eh! bien, fit-il, je ne vois rien, moi.

— Oh! si, monsieur le docteur, hasarda Chantavoine.

Ce mot jeta le docteur dans une colère bruyante :

— Quoi, « si, monsieur le docteur? » Qu'est-ce que tu espère me prouver avec ton « si, monsieur le docteur? » Est-ce que tu me prends pour un aveugle? Tu n'as rien du tout! Fous-moi le camp!

Pâle de fureur, il jeta sa plume dans l'encre, et sur le cahier d'infirmerie, en face le nom de Chantavoine, il traça, d'une grosse écriture rageuse : « *N'est pas malade. Quatre jours de salle de police.* »

La Guillaumette pensa :

— Cristi! Nous allons avoir du coton!

Cinq ou six infirmes défilèrent encore. Enfin, le tour de notre homme arriva. Il s'avança à l'appel de son nom, vacillant, blême, coupé en deux. Depuis l'instant de son entrée il se frappait le coude sur le mur pour se donner au pouls une agitation de fièvre.

— Monsieur le docteur, dit-il, j'ai très mal à la gorge. Je ne peux plus manger ma gamelle; ça me fait du mal rien que d'avaler mon crachat.

— Approche un peu, dit le major.

La Guillaumette s'approcha. J'ai de la fièvre, hasarda-t-il à demi-voix, v'là deux nuits que je ne dors pas.

Le major saisit une palette d'ivoire qu'il avait à portée de sa main : — Ouvre la bouche.

La Guillaumette ouvrit une bouche démesurée, à l'examen du médecin.

— Peuh! conclut enfin celui-ci, il y a un peu d'inflammation.

La Guillaumette, la langue toujours aplatie sous la pesée de la palette, pensa étrangler d'étonnement.

Le médecin reprit : — Nous allons le faire vomir. Apportez-moi l'émétique, Gilbert.

L'infirmier se précipita vers l'armoire aux médica-

ments et, pendant une minute, disparu jusqu'aux éperons entre les deux panneaux du meuble, on l'entendit fourgonner bruyamment, bouleverser une armée de bouteilles. Une odeur fade, doucereuse, écœurante, s'était élevée du fond de l'armoire où des fioles débouchées se mêlaient à des entassements de feuilles de tilleuls. A la fin, Gilbert reparut, tenant d'une main un flacon qu'emplissait une poudre blanche, de l'autre, une timbale de plomb. Le docteur prit la fiole, jeta dans la timbale une petite pelletée de poudre qu'il avait mesurée lui-même avec un soin minutieux, versa de l'eau, agita un instant et tendit le tout au malade :

— Avale-moi ça.

La Guillaumette s'exécuta.

— Je t'exempte de service deux jours, dit le major, mais reviens après-demain si ça ne va pas mieux.

Le surlendemain, La Guillaumette qui avait trouvé excellent de *couper* pendant deux jours à tous les embêtements de la profession, se représenta à la visite.

— Eh bien? fit le médecin-major.

— Mon Dieu, monsieur le docteur, répondit La Guillaumette, ça ne va tout de même pas fort.

La comédie de l'avant-veille recommença, et La Guillaumette, cette fois, eut le fond du palais badigeonné à la poudre d'alun — amertume qui lui parut douce, vu les deux jours d'exemption de service dans lesquels elle s'enveloppait, et l'invitation du docteur à se représenter de nouveau, si ce remède énergique demeurait sans effet.

Donc, pendant deux nouvelles journées, l'homme au mal de gorge pût goûter les douceurs de la vie de propriétaire. Son existence était charmante. Il se levait à sa convenance, se débarbouillait à l'eau tiède, arrangeait le feu, battait des charges sur les vitres et se calait paisiblement les joues avec les tartines de pain qu'il avait fait griller au bout de son couteau devant la porte ouverte du poêle. Du reste, par un sentiment naturel de pudeur, il s'était mis à porter un foulard. Trois fois encore, il se présenta à la visite et trois fois il fut reconnu. C'est ainsi que, successivement, il eut l'intérieur de la gorge passé au nitrate d'argent, puis le cou peinturé à la teinture d'iode. Il devint répugnant et ridicule à voir, en sorte que les camarades, dégoûtés, l'invitèrent à ne plus s'asseoir au banc commun et à manger sa gamelle sur son lit.

Cependant, il advint cette chose très naturelle, qu'à force de s'introduire des saletés dans la gorge, un beau matin, il y attrapa mal pour tout de bon : il s'éveilla avec une extinction de voix et une espèce d'étranglement. C'était comme une grosseur poussée en son gosier, embarrassante, barrant le passage à la salive.

Il se dit : « Ça tombe bien ! » Et il alla à la visite.

Malheureusement, ce matin-là, le major n'était pas en bonne disposition.

— Comment, fit-il, c'est encore toi ? Un mal de gorge qui dure quinze jours ! Oui, parbleu, je vois ce que tu cherches ; tu voudrais t'abonner à ne pas en ficher un coup. Eh bien ! attends, mon salaud, je m'en vais t'en foutre de l'abonnement. Approche ici. Ouvre la bouche... Ouvre donc la bouche, nom de Dieu !

Un simple coup d'œil lui suffit.

— Parbleu, il n'a plus rien. Eh bien ! mon garçon, tu vas me foutre le camp au pansage, et tu coucheras à la boîte ce soir pour t'apprendre à tirer au cul.

La Guillaumette entra en effet, à la boîte, et, comme cette nuit-là, il fit un froid terrible, il en sortit avec une angine couenneuse qui nécessita son transport à l'hôpital militaire.

La Guillaumette étant mon voisin à la chambre, je crus devoir lui aller faire une visite, et je me rendis à l'hôpital, situé à l'autre bout de la ville. C'était un monument sinistre, aux pierres noircies par les années, avec une lourde coupole qui le faisait ressembler à une église. Derrière ses étroites fenêtres, apparaissaient les rideaux blancs des lits, verdis par le verre des carreaux, le plafond enfumé des salles, et aussi les bonnets de coton des malades convalescents.

Je pénétrai et je demandai au portier :

— La Guillaumette, cavalier au 51ᵉ chasseurs.

— Il vient de mourir, dit l'homme.

Je restai abasourdi.

— Il vient de mourir? Ça n'est pas possible, voyons!

L'autre tranquillement répondit :

— Mon Dieu, oui, le pauvre diable n'a pas eu de chance. On l'avait mis à la salle des fiévreux, et il y a gagné la fièvre typhoïde. Ça l'a nettoyé en trois jours.

G. C.

LA VIE MONDAINE

PUDEUR

Même vers la fin du repas, les convives n'eurent garde de s'égayer. Un de ces dîners sérieux, où le champagne ne grise point. Les plus aimables femmes étaient là, épaules et bras nus, des parfums sortant d'elles dans la tiédeur de la salle; mais leurs maris y étaient aussi; d'où l'inutilité des blancheurs offertes et des odeurs troublantes; et les hommes parlaient politique, imperturbablement, bien qu'au bord des corsages bas, sous le mystère diaphane des dentelles, ou dans le fouillis clair des tulles, se haussât à chaque aspiration, presque pas, plutôt deviné qu'entrevu, et se dérobât, à chaque expiration, un tout petit peu de rose; avec l'air furtif d'un museau de souris qui sort et rentre très vite.

De façon que cette soirée eût été dénuée de tout imprévu si la petite baronne Hélène de Courtisols ne s'était montrée, dès le premier service, aussi extraordinaire que possible!

Qu'avait-elle? qu'était-ce qui la troublait? nul n'aurait pu le dire; mais son trouble était manifeste, car, à tout moment, à tout propos, elle rougissait du cou aux tempes, et à peine avait-elle repris sa pâleur accoutumée qu'une nouvelle montée de pudeur lui empourprait les joues.

Une telle émotion était si visible que les hommes faillirent s'en apercevoir; et les femmes, qui s'en étaient aperçues tout de suite, s'interrogeaient des yeux, se communiquaient par de petits signes leur excessive surprise.

On savait bien que Mme de Courtisols, tout imbue encore des innocences du couvent, mariée depuis si peu de temps et si peu, était la personne du monde la plus facile à effaroucher; jamais elle n'avait consenti à aller dans les théâtres d'opérettes, à cause qu'on y chante, lui avait-on dit, des romances ayant peu de ressemblance avec les pieux cantiques; un regard sur le bout de sa bottine, même le regard d'une femme, la faisait frissonner, comme chatouillée partout: « Quand on remarque mon pied, disait-elle, il me semble qu'on voit ma jambe! » et Mme de Ruremonde racontait volontiers que, la semaine passée, au Bois, par une après-midi d'avril, la petite baronne avait baissé le store du coupé, violemment, non sans un cri d'effroi, parce que deux papillons blancs, près de la voiture, voletaient l'un sur l'autre, en se frôlant.

Mais, enfin, une pudeur a beau être sensible, il faut encore qu'elle ait, pour se montrer émue, quelque raison de l'être, et, pendant ce dîner grave, presque officiel, rien n'avait été fait, rien n'avait été dit dont se pussent justifier des rougeurs à peine de mise si la baronne avait été transportée dans le débraillé d'une chambrée de volontaires ou parmi les libres propos d'un fumoir de club!

Plus curieuse qu'aucune, Mme de Ruremonde, dès qu'on se fut levé de table, n'y tint plus, et, entraînant son amie dans une chambre voisine: « Voyons, voyons, s'écria-t-elle, il vous arrive évidemment quelque chose d'extraordinaire, et je pense bien que vous allez me conter cela! »

Rose comme une rose, la baronne de Courtisols devint plus cramoisie qu'une pivoine.

— Ah! mon Dieu! ah! mon Dieu, murmura-t-elle, vous avez remarqué?...

— Vos rougeurs? dame, le moyen de ne pas les voir? Elles étaient jolies, je l'accorde, mais singulièrement imprévues. Allons, parlez; comment peut-il se faire que, sans motif...

— Hélas! ce n'est pas sans motif que j'ai rougi, je vous le jure.

Mme de Ruremonde ouvrait de grands yeux étonnés.

— Oh! oh! vous étiez assise à côté de mon mari, est-ce que, par hasard, sous la table?... Ce sont là des vivacités dont je l'aurais cru incapable.

— Non! Votre mari a gardé le maintien le plus décent. Mais vous n'avez donc pas entendu ce qu'a dit M. de Marciac?

— M. de Marciac?

— Oui!

— Qu'a-t-il dit, je vous prie?

— Il a affirmé, à plusieurs reprises, que si la Grèce ne cédait pas aux conseils des puissances il y aurait une conflagration terrible dans l'Europe orientale!

— Eh bien?

— Cela, j'aurais pu le supporter, peut-être. Mais le vicomte d'Argelès s'est montré plus inconvenant; il n'a pas craint de proclamer : « La Russie, c'est clair comme le jour, autorise les prétentions des Hellènes! »

— Après?

— Pour moi, je crus que j'allais mourir de honte. Hélas! je n'étais pas au bout de mes peines, puisque M. de Cléguèrec, passant toutes les bornes, a insinué, en quittant la table, que c'était là « une hypothèse dénuée de vraisemblance! » Alors, certainement, je me serais évanouie, si vous ne m'aviez emmenée.

— Ma chère, demanda Mme de Ruremonde, vous êtes folle un peu?

— En aucune façon! vous avouerez vous-même que mon trouble était on ne peut plus légitime lorsque vous aurez appris des choses que je n'ai encore révélées à personne.

Après un court silence :

— Il faut d'abord que vous sachiez, reprit la petite baronne... Mais vous serez discrète, au moins? Même vous oublierez la confidence à laquelle je me résigne?

— Eh! cela va sans dire.

— Sachez donc, ma toute chérie, qu'il y a de par le monde un homme de fort bon air, pour lequel j'éprouve, depuis quelques semaines, un sentiment assez différent de l'indifférence. Oh! c'est très mal! Oh! je suis très coupable!

— Mais non, mais non, dit Mme de Ruremonde, accommodante.

— Vous pensez bien que ma faiblesse n'est pas allée jusqu'à l'oubli de ce que je dois à M. de Courtisols et à moi-même! Mais, enfin, je souffre, avec trop de complaisance, les longues visites de celui qui m'aime, et lorsque, mes mains dans les siennes, il cherche à lire mon âme dans mes yeux, je me sens aussi délicieusement éperdue qu'il est possible de l'être.

— Et les paroles qu'il balbutie ne vous sont pas, j'imagine, moins douces que ses regards?

— Ne me parlez pas de ses paroles! elles étaient effrayantes! elles me mettaient hors de moi! Ah! mon amie, les hommes, même les plus aimables, sont étrangement grossiers. Ils appellent les choses par leurs noms! ce qu'ils veulent dire, ils le disent en effet. Si leur passion les incite, par exemple, à respirer vos cheveux, ils s'écrient : « Oh! vos cheveux, vos divins cheveux, que je les respire! » Ils n'hésitent pas à parler de la blancheur de vos bras, à haute voix, sans périphrase, si vous avez commis l'imprudence de laisser leurs regards se glisser sous vos manches, et, quand votre bouche, trop rapprochée, les affole, ils osent implorer un baiser, en propres termes!

— Eh! sans doute, dit Mme de Ruremonde.

— Je ne sais si les autres femmes s'accommodent d'une brutalité pareille! Quant à moi, je me sentais incapable de la tolérer. Je signifiai donc à mon ami que, s'il tenait absolument à m'entretenir de son amour, — auquel d'ailleurs je ne céderais jamais! — il devait le faire en évitant toutes les paroles dont la modestie qui m'est naturelle s'alarmait à juste titre; et nous convînmes d'un langage où les mots les plus usuels, les plus innocents, détournés de leurs signification normale, exprimeraient les pensées qu'il m'eût été impossible d'admettre sous leur forme accoutumée. De cette façon, il pourrait tout me dire, et je pourrais tout entendre, sans que ma pudeur fût aucunement choquée! Mais, voyez comme les meilleures précautions tournent quelquefois contre nous. Peu à peu, j'ai tellement pris l'habitude d'attacher un sens nouveau, et troublant, à certaines paroles très simples, très communément usitées, que je ne puis désormais les entendre proférer, par n'importe qui, sans qu'une rougeur soudaine...

Mme de Ruremonde éclata de rire.

— Je comprends! M. de Marciac, en parlant de l'Europe orientale...

— Ah! « l'Orient! » si vous saviez! dit la baronne; épargnez-moi, de grâce!

— Le vicomte d'Argelès, en proclamant : « Il est clair comme le jour que la Russie... »

— « Le jour! le jour! »

— Et M. de Cléguèrec en se refusant à admettre « une hypotèse dénuée de... »

— N'achevez pas, n'achevez pas!

— Allons, continua Mme de Ruremonde (elle pouffait

de plus belle), je crois que vous ferez sagement de renoncer à un langage qui vous expose à de trop fréquentes émotions. Vos rougeurs, inexpliquées, pourraient inspirer enfin d'étranges soupçons sur les pensées qui vous occupent au moment où personne ne songe à mal; et, de là à suspecter votre vertu...

Elle n'eut pas le loisir de terminer sa phrase! car Hélène de Courtisols, tombée dans un fauteuil, paraissait en proie à une crise nerveuse, très sincère.

— Fi! fi! fi! balbutiait-elle en se tordant les bras.

— Quoi donc? qu'y a-t-il? parce que j'ai dit « vertu... »

— Non! non! taisez-vous!

— Que signifient-elles donc, ces deux syllabes?

— Tout! gémit la petite baronne.

Et elle ne consentit à se remettre que lorsque Mme de Ruremonde lui eut fait un grand serment de ne jamais prononcer ce vilain mot-là!

C. M.

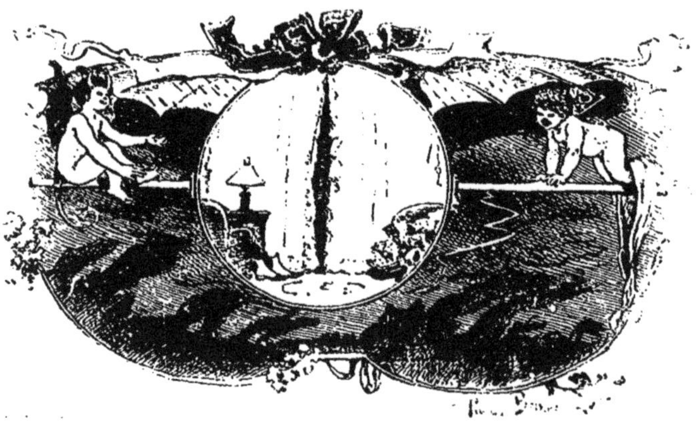

Les Meilleurs Contes de Catulle Mendès et Georges Courteline

5ème Livraison

En vente chez tous les libraires

10 centimes

Catulle Mendès et Georges Courteline, l'un par ses exquises et galantes histoires de la vie mondaine, l'autre par ses très bouffonnes et très vraies études de la vie de caserne, sont au premier rang des conteurs français. Il nous a semblé que nous serions agréables à tout le grand public en publiant, par livraisons illustrées, les pages les meilleures et les plus joyeuses de ces célèbres écrivains.

Chaque livraison, illustrée par nos meilleurs artistes, contiendra un conte de Catulle Mendès et un conte de Georges Courteline.

Prix de la livraison de 16 *pages, sur beau papier :* **10** *centimes.*

Vingt livraisons formeront un magnifique volume de 320 *pages.*

PARIS. — IMP. C. MARPON ET E. FLAMMARION, RUE RACINE, 26.

JOYEUSE VIE

LA VIE MONDAINE

LA PÉNITENTE

Le voile baissé jusqu'au menton, tout emmitouflée de fourrures, tenant sa jupe à pleines mains comme une femme qui s'est habillée à la hâte, la petite baronne sortit très vite dans la rue où pleurait encore le brouillard du matin. Elle s'arrêta un instant, sur la pointe des pieds, parut hésiter, regarda, à droite, à gauche, avec ces mouvements de cou d'un oiseau posé sur une branche, qui ne sait de quel côté prendre son vol; puis, presque courante, elle monta dans un fiacre, en jetant une adresse au cocher.

Dès qu'elle se fut pelotonnée dans un coin, frileuse, peureuse peut-être, les lèvres sous le manchon, parmi la chaleur de la soie et du velours, quelque chose glissa de dessous son manteau, dans une fuite rose et noire : un corset de satin; de la peluche courait autour des rondeurs vides que gonflèrent les seins.

Quoi? la baronne, — une exquise mondaine pourtant! — ressemblait à ce point aux petites cocottes matinales qui trottent menu par les rues, ayant, dans leur paresse, négligé de remettre la frêle armure de baleine dont les défaites nocturnes ont démontré l'inutilité?

Elle ne ramassa pas le corset.

Elle songeait à la nuit coupable et charmante dans l'appartement de garçon, où elle avait mêlé son parfum de boudoir aux odeurs de cuir de Russie et de cigares fins, éparses entre les murs décorés d'armes anciennes sous des fleurets en croix; elle songeait aux emportements de la soudaine étreinte, aux dégrafements brutaux, et aux longues, aux lentes, aux éternelles caresses où s'alanguissent les premières audaces et les premiers refus.

Quelquefois elle tournait le regard vers la rue qui se rosait çà et là, grise encore; sous les portes cochères, des laitiers alignaient des bidons de fer-blanc aux fermetures de cuivre; un porteur de journaux devant une boutique à demi ouverte distribuait les feuilles du matin à une vieille femme mal éveillée qui se frottait les yeux; des employés, noirs, maigres, un croissant entre les dents, passaient vite, le collet relevé, le long des murs. Mais elle regardait sans voir, songeant toujours, attendrie, amollie, enveloppée des délices récentes, s'enlaçant elle-même, pour les retenir comme on empêcherait de tomber un vêtement dont l'étoffe est très douce à la peau.

Le fiacre passait devant une église.

* * *

Elle vit le grand portail sombre, dur, qui a l'air de ne jamais devoir s'ouvrir, et, à droite, la porte basse, entrebâillée. Comme si elle se fût avisée tout à coup de quelque chose d'encore inéprouvé, son regard, sous le voile, eut une lueur vive, étrange dans ces yeux doux, — la première étincelle d'un désir ou d'une curiosité qui s'allume; pendant qu'un rire lui venait aux lèvres, sournois, cruel, un peu narquois, joli pourtant. « Cocher! arrêtez! » cria-t-elle, et elle remit à la hâte le corset sous son manteau, descendit de voiture, entra dans l'église presque déserte où trois vieilles à genoux, montrant parmi la boue des jupons de fortes semelles noires, marmottaient des oraisons près d'un confessionnal. Précisément un jeune prêtre, long, grêle et dur, austère, sortait de la sacristie et se dirigeait vers le tribunal de la pénitence. La petite baronne s'inclina sur un prie-Dieu, un peu à l'écart, attendant son tour; elle avait le visage dans son mouchoir, faisait son examen de conscience sans doute, était très édifiante.

Pourquoi non? Est-ce que l'on ne peut pas être une bonne chrétienne parce qu'on fut une amoureuse? Ils suivent de tout près la joie, hélas! les remords des doux péchés. On se repent de sa faute avec la même ardeur qu'on l'a commise; on est sincère avec le bon Dieu, comme on l'était avec son amant. Les bouches qui ont balbutié de folles et coupables paroles veulent proférer les aveux qui demandent grâce; le souvenir des ivresses invoque les macérations. Et le ciel dont la miséricorde est infinie ne repousse pas les pécheresses pénitentes, non, pas même quand c'est échappées à peine du mal qu'elles viennent se purifier dans la source de tout bien, pas même quand leur repentance précoce laisse après soi dans le temple une traînée odorante d'alcôve.

***

Certes, dès que la baronne fut agenouillée devant le confesseur, il émana d'elle, dans ce coin de l'église, un très inquiétant arome de tendresse mal éteinte, et l'ylang-ylang mêlait mal à propos sa griserie perverse à la fadeur sacrée de l'encens. En baissant trop humblement son front rosé de veloutine, elle maquilla le grillage du confessionnal! Elle aurait dû surtout, dissimuler le corset qu'elle tenait, ne sachant qu'en faire, tout plein de parfums qui se souviennent, entre ses mains jointes pour la prière.

Mais son repentir, sa dévotion, l'absorbaient à tel point qu'elle n'avait pas le loisir de s'inquiéter d'autre chose ; ce fut avec une humilité fervente, et se châtiant déjà par l'aveu, qu'après les paroles consacrées, elle confessa sa faute.

Le *Confiteor* vite bredouillé, elle avoua que, après avoir longtemps résisté, elle avait consenti enfin à venir un soir, chez celui qu'elle aimait. Et, d'abord, il

s'était agenouillé devant elle, lui disant d'adorables tendresses, lui rappelant le bal où ils avaient valsé ensemble pour la première fois, elle, si blanche, grasse, les bras nus, très décolletée, appuyant sur l'habit noir, dans le tournoiement de la danse, le marbre vivant et chaud de sa poitrine qui battait.

Elle s'interrompit pour dire :

— J'étais déjà coupable !

Après quelques secondes de silence, — ce fut comme s'il avait eu besoin de reprendre haleine, — le prêtre répondit :

— La clémence de Dieu est infinie.

Encouragée, elle continua sa confession :

« Il me parlait sans cesse, plus ardemment ! Ces

épaules que tout le monde avait vues, ne les reverrait-il pas, lui seul ? Ne baiserait-il pas ces bras dont l'étreinte lui mettrait le Paradis autour du cou ? Car il blasphémait, mon père !

Et, toujours à genoux, il me baisait les doigts, les ongles, voulait écarter, — oh! je rougis! — les dentelles de mes manches. J'aurais dû m'enfuir; je ne pouvais pas. J'étais vaincue, et doucement abandonnée, pendant qu'il m'enlaçait, je renversai la tête sur le dossier du fauteuil, les yeux pleins de larmes qui consentent. »

Elle s'interrompit de nouveau.

— Hélas! Dieu ne m'absoudra jamais?

Cette fois, pas de réponse. Le confesseur, scandalisé, s'était-il retiré? Elle ne pouvait pas le voir, ayant sa tête entre les mains, dans le corset. Mais non, elle entendait, tout près d'elle, le souffle d'une poitrine oppressée. Car l'énormité du péché mettait hors de lui le jeune prêtre; ce fut très bas, très lentement, d'une voix qui tremble, qu'il dit enfin, par un effort suprême de charité :

— Ne désespérez pas, ma fille.

Elle parla encore, dans l'expansion débordante du repentir! Dévotement barbare pour elle-même, elle n'épargna à sa pudeur aucun des pénibles aveux. Toutes les délices abominables du lit adultère, les ruses de l'amour pervers, les caresses conseillées par *l'essaim des mauvais anges nageant dans les plis des rideaux* et toujours renouvelées jusqu'à l'heure où l'aurore, qui glisse à travers les dentelles, met à son tour des baisers sur les lèvres pâlies, elle raconta tout, tout, abondamment, longuement, avec des emportements de pénitente affolée et des minuties de casuiste, tant qu'enfin, épouvantée de sa damnation définitive, elle se mit à sangloter et à mouiller de larmes désespérées le satin et la peluche du corset noir et rose.

***

Le confesseur se taisait.

Mais l'effroi que lui inspirait justement le crime de la pénitente devait être extrême, car elle entendit le bruit qu'un homme près de choir ferait en se retenant à une cloison.

Puis, il y eut cette parole sévère :

— Retirez-vous, Madame.

Elle obéit, toute pleurante.

Mais, en traversant l'église où le froufrou de sa robe offensa l'austérité des dalles, elle avait dans les yeux et aux lèvres, sous le voile, son mauvais petit rire! Au moment de pousser la porte, elle se détourna, le regard attiré vers un autel latéral par un tableau où l'on voyait Satan parlant sur la montagne à l'oreille de Jésus. Une fusée de soleil, à travers un vitrail, éclaira, fit vivre la face du démon; et l'on aurait pu croire, en vérité, que le tentateur de Dieu complimentait d'un sourire la petite baronne. Elle s'en alla très vite, secouée d'un sursaut de gaieté, le nez dans son manchon. Quant au corset, elle l'avait oublié dans le confessionnal. C. M.

LA PÉNITENCE

L'abbé Bourry tourna deux fois dans la serrure l'énorme clef de la vieille église; mais, ceci fait, il demeura, le front brusquement rembruni, les doigts restés sur le loquet, dans un mouvement de surprise et d'attente. Le bas légèrement troussé de sa soutane découvrait le deuil de sa cheville et la boucle de son soulier déjà posé sur le pavé de la place.

— Eh! là, m'sieu l' curé, c'est y donc que j' pouvions pu m' confesser?

Devant lui, débouchée comme une bourrasque d'une

ruelle avoisinante, la Claudine, une femme du pays, élevait des bras désespérés. Ses tempes battaient la charge tant elle avait couru, et sur l'extrême bord de sa classique marmotte quadrillée de blanc et de mauve, — un mauve passé, filé lentement sous le chiendent de la brosse, dans l'eau courante du lavoir municipal, — la sueur de son front mettait un liséré brun.

Le vieux prêtre eut un geste d'impatience.

— Le bon Dieu vous bénisse! dit-il, est-ce là une heure pour se présenter à confesse?

— J'ons pu v'ni pus tôt, dit la femme.

Il s'emporta :

— J'en suis fâché! Vous reviendrez une autre fois.

Et, devant le regard éploré de la Claudine :

— C'est toujours la même comédie; les vaches et les cochons d'abord, et le bon Dieu ensuite,.... si le temps le permet! Allez, ma bonne, ce sera pour la semaine prochaine. Je dîne aujourd'hui au château; j'y suis attendu à six heures, et je n'ai point loisir de vous entendre. Bonsoir.

La Claudine éclata en sanglots simulés.

— Eh! là mon Dieu, eh! là mon Dieu!... Moi qui voulions faire mes Pâques!

— Vos Pâques!

Le bonhomme se tut. Une seconde, il hésita, partagé entre le sentiment du devoir et la crainte d'arriver en retard chez ses hôtes, où l'attendait, comme tous les ans, un fin maigre de Samedi Saint.

Ce fut le sentiment du devoir qui l'emporta.

La bouche pincée, rageant à froid, il fit refaire à la grosse clef deux nouveaux tours en sens contraire. L'une suivant l'autre, la paysanne et le curé franchirent le seuil de l'église. Devant un humble maître-autel, que paraient, protégés par des globes de pendules, des bouquets montés de calicot, l'ecclésiastique cala une chaise, une chaise de paille enlevée au passage, cueillie au vol, tandis qu'il filait rapidement entre les rangs de sièges de la nef.

S'étant assis, il dit :

— Mettez-vous à genoux.

La Claudine obéit.

— Faites le signe de la croix. Dites votre *Confiteor*.

La Claudine partit comme un cheval échappé, éperdument lancée dans sa prière comme une écolière zélée dans la leçon apprise pour la circonstance et possédée sur le bout du doigt.

Elle ne s'arrêtait plus.

Il dut intervenir.

— C'est bien. Dites-moi vos péchés.

La Claudine garda le silence.

— Ma fille, je vous en prie, faites vite, dit l'abbé impatienté; je suis à la dernière minute. Voyons, vous n'avez, n'est-ce pas, ni tué, ni volé personne? Alors, quoi? Vous fûtes menteuse, gourmande? Vous avez négligé de dire vos prières et tenu des propos contre l'honnêteté? Eh bien! c'est bon, allez en paix et ne péchez plus. Je vous donne l'absolution, au nom du Père et du Fils et du Saint-Esprit.

Déjà il se levait. La pénitente, toujours agenouillée, murmura :

— J'ons fait bien pis qu' tout ça, mon père.

— Oui? Dites-le alors! je vous écoute.

— Eh ben! mon père, dit la Claudine baissant le nez, j'ons... j'ons... j'ons... fait des traits à mon homme!

— Ouf! fit l'abbé. Ah! saperlipopette, ma fille, que venez-vous de m'apprendre là?

Les bras lui en tombaient.

L'excès de sa stupeur fut tel, que le secret de la confession y passa :

— Vous aussi!... vous aussi!... ça manquait!... Y en avait tout juste deux de propres dans le pays, la Jeanne à Maréchal et vous... Et maintenant, voilà que vous-même!... Le bon Dieu vous bénisse, allez!

Les paroles lui manquaient.

Il demanda pourtant :

— Quand ça vous est-il donc arrivé, ce malheur-là ?

— Y a z'un mois, mon père, jus comme l'or. A la mi-mars, autant dire.

— Avec qui ?

Elle nomma le coupable.

— Chenapan ! murmura l'abbé.

Puis :

— Et combien de fois, depuis un mois, avez-vous... ce que vous savez ?

— Mon père, j' l'ons fait onze fois.

— Onze fois !

Le chiffre lui parut énorme. Il éleva des mains maudissantes, et déjà il ouvrait la bouche pour flétrir, quand les trois quarts après cinq heures sonnèrent, trois coups qui traînèrent longuement dans l'écho sonore de l'église, avec ce timbre de chaudron fêlé propre aux horloges de village. Rappelé à la réalité, il bredouilla, pressé d'en finir :

— Vous repentez-vous, au moins ?

L'autre s'exclama :

— Si j' me r' pens ? Et j' l'cré ben que j'me r' pens ! Ce cochon-là m'a engrossée !

— Eh bien ! rentrez chez vous, dit l'abbé qui fit le sourd, vous y direz quatre *Pater* et quatre *Ave* et vous viendrez communier demain. Allons, ma fille, vite, pressons-nous.

Il ramassa son tricorne qu'il avait déposé à terre, au pied de sa chaise.

La pénitente s'était relevée.

A ce moment, dans le carré de lumière vive que

découpait la porte ouverte de l'église sur la place ensoleillée du village, une nouvelle silhouette parut. La Jeanne, cette fois, c'était la Jeanne, la Jeanne à l'heureux Maréchal, toute blonde et réjouie, et si grasse, que ses seins tremblotaient en sa camisole flottante, comme deux paquets de raisins mûrs.

L'abbé protesta :

— Non! ah non! Cette fois, en voilà assez.

Mais la Jeanne, très calme, s'avançait. Elle aussi voulait se confesser; elle aussi voulait faire ses Pàques

Et elle s'étonna, goguenardé, demandant si c'était

maintenant le curé qui empêcherait ses paroissiennes d'accomplir des devoirs sacrés. Convaincu et exaspéré, le bonhomme retomba d'un bloc sur sa chaise; il empoigna la Jeanne au bras et, presque, il la jeta à genoux devant lui.

Il répétait :

— Eh bien, quoi? quoi? Qu'est-ce que vous avez à me dire? Peut-être bien que vous avez trompé votre homme vous aussi!

La Jeanne demeura lèvres closes. Simplement de haut en bas, elle hocha trois fois la tête.

Le curé sursauta.

— Eh! allons donc, parbleu! A cette heure la fête est complète! Ah! scélérat de pays! scélérat de pays!

Puis :

— Depuis quand, misérable pécheresse, le trompez-vous, ce pauvre diable?

— Depuis un mois.

— J'en étais sûr! Ah! scélérat de printemps! scélérat de printemps! Tous les ans la même comédie! — Et combien de fois, s'il vous plaît, avez-vous péché depuis un mois?

— Sept fois! répondit la Jeanne.

Le vieux prêtre parut tout décontenancé.

Les yeux au ciel, il calculait, tâchant à établir une proportion équitable entre la pénitence qu'il avait imposée à la Claudine et celle qu'il imposerait à Jeanne.

— Voyons! onze est à sept, comme quatre est à X. La moitié d'onze... la moitié d'onze... — le bon Dieu vous bénisse, avec vos comptes impairs! — la moitié d'onze est de cinq et demi, et la moitié de sept est de...

Mais l'horloge sonna six heures.

Alors il bondit, mis debout comme sous la surprise d'un coup de fouet :

— Ah! et puis, ma bonne, vous savez, si vous croyez que j'aie le temps de faire de l'algèbre et des règles de proportion, vous vous trompez! Allez! allez! rentrez chez vous! vous y direz quatre *Pater* et quatre *Ave*, et vous tromperez votre homme quatre fois de plus. Ça fera le compte.

G. C.

LES MEILLEURS CONTES DE
CATULLE MENDÈS ET GEORGES COURTELINE
JOYEUSE VIE
6ÈME LIVRAISON
EN VENTE CHEZ TOUS LES LIBRAIRES
10 CENTIMES

Catulle Mendès et Georges Courteline, l'un par ses exquises et galantes histoires de la vie mondaine, l'autre par ses très bouffonnes et très vraies études de la vie de caserne, sont au premier rang des conteurs français. Il nous a semblé que nous serions agréables à tout le grand public en publiant, par livraisons illustrées, les pages les meilleures et les plus joyeuses de ces célèbres écrivains.

Chaque livraison, illustrée par nos meilleurs artistes, contiendra un conte de Catulle Mendès et un conte de Georges Courteline.

Prix de la livraison de 16 *pages, sur beau papier :* **10** *centimes.*

Vingt livraisons formeront un magnifique volume de 320 *pages.*

PARIS. — IMP. C. MARPON ET E. FLAMMARION, RUE RACINE, 26.

JOYEUSE VIE

LA VIE BOURGEOISE

LE PETIT MALADE

Le médecin, *le chapeau à la main.* — C'est ici, madame qu'il y a un petit malade ?

La mère du petit malade. — C'est ici, docteur ; entrez donc. Docteur, c'est pour mon petit garçon. Figurez-vous, ce pauvre mignon (je ne sais pas comment ça se fait), depuis ce matin, tout le temps il tombe.

Le médecin. — Il tombe !

LA MÈRE. — Tout le temps ; oui, docteur.

LE MÉDECIN. — Par terre ?

LA MÈRE. — Par terre.

LE MÉDECIN. — C'est étrange... Quel âge a-t-il ?

LA MÈRE. — Quatre ans et demi.

LE MÉDECIN. — Le diable y serait, on tient sur ses jambes, à cet âge-là !... Et comment ça lui a-t-il pris ?

LA MÈRE. — Je n'y comprends rien, je vous dis. Il était très bien hier soir et il trottait comme un lapin à travers l'appartement. Ce matin, je vais pour le lever, comme j'ai l'habitude de faire : je lui enfile ses bas, je lui passe sa culotte, et je le mets sur ses petits pieds. Pouf ! Il tombe !

LE MÉDECIN. — Un faux pas, peut-être.

LA MÈRE. — Attendez !... Je me précipite ; je le relève... Pouf ! Il tombe une seconde fois. Étonnée, je le relève encore... Pouf ! par terre ! et comme ça sept ou huit fois de suite. Bref, docteur (je vous le répète, je ne sais pas comment ça se fait), depuis ce matin, tout le temps il tombe.

LE MÉDECIN. — Voilà qui tient du merveilleux... Je puis voir le petit malade ?

LE MÈRE. — Sans doute. (*Elle sort, puis reparaît tenant dans ses bras le gamin. Celui-ci arbore sur ses joues les couleurs d'une extravagante bonne santé. Il est vêtu d'un pantalon et d'une blouse lâche, empesée de confitures séchées.*)

LE MÉDECIN. — Il est superbe, cet enfant-là !... Mettez-le à terre, je vous prie.

(*La mère obéit. L'enfant tombe.*)

LE MÉDECIN. — Encore une fois, s'il vous plaît.

(*Même jeu que ci-dessus. L'enfant tombe.*)

LE MÉDECIN. — Encore.

(*Troisième mise sur pieds, immédiatement suivie de chute du petit malade, qui tombe tout le temps.*)

LE MÉDECIN, *rêveur.* — C'est inouï... (*Au petit malade,*

que soutient sa mère sous les bras.) Dis-moi, mon petit ami, tu as du bobo quelque part ?

LE PETIT MALADE. — Non, monsieur.

LE MÉDECIN. — Tu n'as pas mal à la tête ?

LE PETIT MALADE. — Non, monsieur.

LE MÉDECIN. — Cette nuit, tu as bien dormi?

LE PETIT MALADE. — Oui, monsieur.

LE MÉDECIN. — Et as-tu appétit, ce matin ? mangerais-tu volontiers une petite sousoupe ?

LE PETIT MALADE. — Oui, monsieur.

LE MÉDECIN. — Parfaitement. (*Compétent.*) C'est de la paralysie.

LA MÈRE. — De la para...! Ah Dieu ! (*Elle lève les bras au ciel. L'enfant tombe.*)

LE MÉDECIN. — Hélas oui, madame. Paralysie complète des membres inférieurs. D'ailleurs vous allez voir vous-même que les chairs du petit malade sont frappées d'insensibilité absolue. (*Tout en parlant, il s'est approché du gamin et il s'apprête à faire l'expérience indiquée, mais tout à coup :*) Ah çà, mais... ah çà, mais... ah çà, mais... (*Puis éclatant :*) Eh sacredié, madame, qu'est-ce que vous venez me chanter avec votre paralysie ?

LA MÈRE, *stupéfaite*, — Mais, docteur...

LE MÉDECIN. — Je le crois tonnerre de Dieu bien, qu'il ne puisse tenir sur ses pieds... vous lui avez mis les deux jambes dans la même jambe du pantalon !

G. C.

La Vie Mondaine

LE GUIGNON

C'était l'heure du matin, où, dans la chaleur moite du lit, le sommeil à demi éveillé devient la somnolence, où le rêve se prolonge en rêverie. Il est à croire que Mme Eveline, — je n'écrirai pas le nom de son mari, par respect de l'honneur conjugal! — avait eu des rêves pleins de baisers et de caresses, car ce qu'elle voyait encore, dans la pénombre de la chambre, à travers les cils mouillés de ses paupières un peu battantes, c'étaien des bouches unies qui s'écartaient parfois, en un soupir, pour se rejoindre, mieux pressées; sous le chatouillement des moustaches, il y avait de petits rires, qui se mouraient très vite. Comme des chérubins, dans les peintures, volètent par groupes autour d'une Marie enlevée aux cieux, des couples moins angéliques, à peine plus habillés, se mouvaient vaguement auprès d'elle, donnant tous les doux et coupables exemples. Et, sous le drap montant plus haut que les narines, l'odorante tiédeur qui émanait de sa nuque, de ses bras levés en figure d'anse, de ses seins gonflés, de tout elle, ajoutait à ses visions une vraisemblance de parfum. De sorte que la jolie pécheresse, — j'essaierais en vain de cacher que Mme Eveline est de ces frivoles personnes qui aiment à se permettre les choses défendues, — se sentait intimement et délicieusement troublée; pelotonnée avec de courts frissons, dans l'étreinte déçue du frôlement de soi-même, il lui montait, elle ne savait d'où, sous la peau, jusqu'au bord des yeux, une tendre flamme glissante; et, parfois, dépassant les dents et les lèvres, une petite langue rose sortait, pareille à la langue d'une chatte qui va laper du miel. Même, à un moment où les couples autour d'elle s'unirent plus ardemment dans un baiser définitif, elle approcha sa tête de l'oreiller voisin, avec l'instinctive espérance d'un bras, peut-être qui l'enlacerait. Mais elle s'écarta très vite! Car celui qui dormait là, non sans ronfler un peu, c'était son mari; et Mme Eveline, — chacun a ses principes, — se fût bien gardée d'avilir son joli rêve du matin dans la banalité des plaisirs conjugaux. Elle sauta du lit avec une légèreté d'oiselle, qui n'éveilla pas le dormeur, passa dans le cabinet de toilette, s'habilla seule, rapide, pas de corset, beaucoup de poudre de riz, — le pantalon, c'est inutile, — traversa le salon en nouant ses brides, appela sa femme de chambre, et lui jeta : « Je vais au bain », dans un froufrou de robe qui amuse l'escalier.

Comme Ludovic allait être charmé! et comme ils seraient heureux, elle et lui! Plus heureux que jamais. Car même le jour où, trois mois auparavant, elle avait, pour la première fois, cessé de lui résister, elle ne s'était pas sentie aussi tendrement encline aux délices de l'abandon. Les rêves, elle les lui racontait, sans rien omettre, avec des mots murmurés; et Ludovic — adroit réalisateur des chimères — lui dirait : « C'était ainsi, n'est-ce pas? » Dans un coin de la voiture, — marchait-il lentement, ce fiacre! — elle se cachait toute, sous la soie, sous les fourrures, comme voulant que rien ne s'échappât, des ses désirs câlins, de ses mollesses consentantes, de tout le lit matinal, qu'elle lui apportait. Mais ce fut d'un visage où la surprise l'emportait sur le ravissement que Ludovic, après s'être frotté les yeux, considéra Mme Eveline! et en recevant le baiser du bonjour, il eut quelque peu l'air d'un homme à qui une tuile tomberait sur la tête. Certes, il fut très courtois. « Une telle visite avait de quoi le flatter, le flattait extraordinairement. Il savait un gré infini à sa maîtresse de la bonne pensée qu'elle avait eue. Ils déjeuneraient ensemble au coin du feu, ce serait charmant. » Mais elle était déjà là depuis un quart d'heure, là, dans cette chambre où il avait tant de fois eu le bon goût de lui manquer de respect, et il ne manifestait encore, ni par la parole, ni par le geste, le désir de savoir si le jupon qu'elle avait mis ce matin était bordé de malines ou de point d'Angleterre! Elle le regardait avec un étonnement agacé, qui a envie de taper du pied. Ce n'était pas des amoureux déjeunant sur une petite table, devant la cheminée, que Mme Eveline avait vus dans ses songes! Puis, soudain, tandis qu'il se détournait pour cacher un bâillement, elle comprit tout: elle venait d'apercevoir, sur un meuble, un éventail oublié, qu'elle reconnut très vite, l'éventail de Mme de Linège, une terrible petite personne, dépourvue de toute miséricorde, pareille à ces moissonneurs cupides qui ne laissent rien à glaner derrière eux!

Rentrée chez elle, elle déjeuna, rageusement. Ce Ludovic! qui aurait pensé cela de lui? Ce qui la fâchait le plus, ce n'était pas qu'il l'eût trompée, c'était le mal à propos de la trahison. En vérité, il avait bien pris son temps! Comme s'il n'aurait pas pu aimer Mme de Linège un autre jour; elle est de celles qui ne demandent pas mieux, n'importe quand. Non, il avait justement choisi la veille de la douce matinée où tout attendrie par la douceur des rêves... Eveline au lieu de manger, déchirait à belles dents sa serviette. Faute de baisers, des morsures! Le mari, inquiet, demanda : « Qu'avez-vous donc, ma bonne amie? — Eh! vous n'y pouvez rien », répondit-elle en faisant trembler les vaisselles d'un coup de son petit poing sur la table. Mais peu à peu, elle s'apaisa. Un souvenir lui était venu. Elle se rappelait M. de Lavignac, qui l'avait si passionnément aimée, qu'elle avait si cruellement désespéré, lui préférant Ludovic. Elle avait eu joliment tort! d'autant plus que l'amant dédaigné était fort bien fait de sa personne. En fermant à demi les yeux, elle le revoyait, prenait plaisir à le revoir, ne pouvait s'empêcher de croire qu'il devait ressembler tout à fait aux beaux jeunes hommes chimériques qui l'entouraient, ce matin, comme des chérubins nus volètent dans les peintures autour d'une Marie enlevée aux cieux. Mme Eveline avait une âme prompte aux résolutions! Quelques minutes après, elle montait en voiture, ayant donné au cocher l'adresse de M. de Lavignac. Quoi! elle osait une telle équipée? Pourquoi non? elle réparait le mal qu'elle avait fait, voilà tout, et se vengeait de Ludovic, en même temps. Elle apportait la joie à celui qu'elle avait rendu si malheureux. Elle faisait un acte de justice. Sûre d'être aimée, elle lui dirait : « Je vous aime. » Depuis trois mois qu'il ne l'avait vue, comme il avait dû souffrir dans sa solitude. Elle lui demanderait pardon de lui avoir causé tant de souffrances. Et, ma foi, s'il exigeait une preuve du repentir qu'elle éprouvait, elle ne verrait aucun mal à la lui donner telle qu'il la voudrait! Cependant la voiture s'était arrêtée dans une foule compacte. Des gens regardaient des voitures de noce alignées devant une porte :

Mme Eveline, avec une exclamation de dépit, — les lèvres plus rouges d'être mordues, — vit entrer dans la maison M. de Lavignac lui-même, qui donnait le bras à une jeune fille toute de satin blanc vêtue, et rose de pudeur sous son voile de mariée !

Alors elle se sentit le besoin de quereller, sinon de battre. Justement elle en avait une occasion toute trouvée. Elle se fit conduire chez la baronne de Linège. Elle aurait une explication avec cette terrible petite personne qui vole les cœurs, et le reste. Une amie ! ah ! la traîtresse ! « Madame est sortie », dit une femme de chambre. « Bien. J'attendrai. » Et elle entra dans le salon, où elle ne remarqua pas le petit cousin de sa rivale, un lycéen, qui était assis près de la fenêtre, écrivant parmi des livres. Elle se jeta dans un fauteuil devant le feu. « Bonjour, madame Eveline, » dit l'écolier. « Ah ! vous êtes là, Lucien. Bonjour, mon enfant. Vous travaillez ? — Oui, madame, je fais un thème grec. — Bien, bien. J'attends votre cousine. Ne vous dérangez pas. » Elle avait le bord de sa voilette entre les dents, elle frappait du talon d'une bottine le cuivre des chenets. Ses yeux allumés de colère, — de colère seulement ? sans doute, — allaient du lustre de Venise aux bibelots de la cheminée. Un désir de tout casser ! Elle regardait aussi Lucien, quelquefois, par hasard. Elle le regarda mieux. Un enfant ? Mais non, pas du tout. Un homme, ou presque un homme, — seize ans, — avec des moustaches déjà. L'âge de Chérubin. Comme il avait grandi depuis six mois ! Elle se souvenait du temps où il montait sur une chaise pour se faire embrasser par les personnes, et, maintenant, pour le baiser au front, elle eût été obligée, certainement, de se dresser sur la pointe des pieds. Presque aussi grand que Ludovic. Comme elle s'ennuyait fort en

attendant Mme de Linège, elle se rapprocha de la fenêtre, regarda encore Lucien, de plus près. Tout à fait joli garçon, vraiment, avec des lèvres roses comme une bouche de vierge et de grands yeux noirs sous des cils très long. Elle ne pouvait s'empêcher de sourire, malgré sa colère, en le considérant. Elle pensait, avec une petite moquerie d'elle-même, que ce doit être bien amusant de savoir ce qui se passe dans le cœur de ces petits hommes. Il ne faut pas croire qu'ils sont uniquement occupés de leurs thèmes ou de leurs versions. Quelque chose s'éveille en eux, déjà, qui veut aimer. Et qui sait si leur tendresse sincère, ingénue, étonnée, qui n'a rien appris et qui veut tout savoir, ne serait pas plus douce, plus ardente aussi, que la passion savante des amants enfin blasés? Mme Eveline s'inclinait vers la table où

Lucien, avec un air de rêverie, avait cessé d'écrire. Même elle se pencha un peu trop. Elle frôlait de sa voilette le cou de l'écolier. Elle l'entendait respirer, comme haletant. Oh! elle devinait ce qui se passait en lui. Sous cette approche féminine, il se sentait troublé, prêt à défaillir. Il se mourait de peur et de joie. Il aurait bien voulu se retourner; il n'osait pas. Et il avait envie de parler, de demander il ne savait quoi; mais il se taisait, ignorant les paroles qu'il faut dire. Il parla cependant! En la regardant bien en face, avec ses yeux noirs aux cils très longs : « Madame Eveline, s'écria-t-il tout à coup, est-ce que vous savez, vous, comment cela s'appelle, en grec, un bateau à vapeur? — Eh! le sot! croit-il que c'est le grec que j'enseigne! » et elle sortit du salon avec le regret de n'avoir pas flanqué une gifle à ce petit imbécile.

Elle dîna chez Mme de Marciac, alla à l'Opéra entendre un acte de *Sigurd*, trouva que le ténor était très joli, se montra dans deux ou trois bals, eut, dans les valses, des abandonnements qui furent remarqués, ne put pas, un seul instant, écarter le doux enveloppement des rêves inutiles, qui était sur elle comme le parfum d'un bain où l'on est resté trop longtemps. De sorte que, un peu avant minuit, elle eut la pensée de retourner chez Ludovic! car, enfin, il n'avait pas dû revoir la baronne de Linège. Une juste fierté la retint; et, maîtresse d'elle-même, elle rentra chez elle, sagement. Chose singulière! ce fut d'un pas pressé, — comme une femme se hâtant vers un rendez-vous, — qu'elle monta l'escalier. Quoi donc? quel désir l'entraînait? Là-haut, pourtant, celui qui attendait, c'était son mari. Ressource suprême! Elle songeait qu'elle avait de grands torts envers lui. Il était jeune en somme, et, à tout prendre, aussi agréable à voir que Ludovic ou M. de Lavignac. Ah! c'est une folie que l'on fait trop souvent d'aller chercher bien loin ce que l'on a tout près. Est-ce que, mariés, on ne peut pas s'aimer? Est-ce que les baisers sont moins doux, parce qu'ils sont permis? Elle regrettait joliment, — oui, vraiment, elle le regrettait, — de s'être éloignée si vite, ce matin, de l'époux qui dormait en ronflant un peu, sur un honnête oreiller. Ce fut avec une tendre émotion, très sincère, qu'elle traversa le salon. Elle se regarda dans la glace, avant d'entrer dans la chambre. Oui, jolie, bien jolie, avec ses épaules nues et ses frisons roux qui lui riaient dans les yeux. Certainement, elle lui plairait; l'alcôve, tout à l'heure, — comme son rêve, — serait pleine d'un bruit fou de baisers. Elle poussa la porte. Personne! son mari n'était pas là! et, sur une table, elle trouva une dépêche où il la prévenait d'une absence de plusieurs jours. Cette fois, Mme Eveline stupide d'étonnement, admira, comme Oreste, l'acharnement de la destinée. Mais qu'eût-elle gagné à se plaindre, à frapper du pied sur le tapis? Elle se résigna, la pauvre mignonne, et, bientôt déshabillée, se coucha, solitaire hélas! dans le grand lit pâle et froid. Puis elle baissa la lampe, en soupirant. Quelques instants après, elle soupirait encore.

C. M.

LA VIE DE CABOTS

MONSIEUR LE DUC

Derrière la scène, au foyer des artistes, un soir de Première.

Le régisseur. — Oh sapristi! L'avertisseur qui va frapper les trois coups, et ma figuration n'est même pas placée!... L'avertisseur, s'il vous plaît, une minute! (*Il s'arrondit les mains en cornet sur la bouche, et hèle les figurants logés dans les combles du théâtre.* (Oh hé! les Seigneurs! Oh hé! On va frapper! En scène, les Seigneurs! grouillez-vous! (*Descente bruyante des figurants, vétus de costumes Louis XI. Derrière eux, viennent des cardinaux en robe pourpre.*) Hé bien! dites donc, les cardinaux, tas de chameaux, ne vous pressez pas. Faut-il que je vous fasse descendre avec une trique?

Les seigneurs et les cardinaux viennent se ranger à droite et à gauche de la scène.) Un peu moins de bruit, s'il y a moyen, et tâchez voir à écouter ce que je vais avoir l'honneur de vous dire. Tantôt, à la Répétition Générale, vous avez été au-dessous de tout. Les auteurs sont très mécontents. Comment, espèces de crétins, ou vous... (*A deux figurants qui se chamaillent.*) Qu'est-ce qu'il y a encore, là-bas ?

Un seigneur. — C'est le connétable de Bourgogne qui me mollarde sur les pieds.

Le régisseur. — Je vais aller lui cueillir les puces, moi, au connétable de Bourgogne. (*Poursuivant.*) Comment ! espèces de crétins, on vous annonce : « Monsieur le duc de Montmorency ! » et vous n'avez pas l'air plus épaté que ça ? (*Haussement d'épaules.*) Sachez, cuistres, ânes bâtés, que la famille des Montmorency était alors une des premières familles de France, que les Montmorency... (*A un cardinal qui rigole.*) — ... Je vais foutre mon pied dans le cul au nonce du pape... — étaient cousins du roi, et que, par conséquent, à l'annonce de ce grand nom, vous devez témoigner de votre déférence sans bornes. D'ailleurs c'est dans le manuscrit. (*Lisant.*) « Monsieur le duc de Montmorency ! (Mouvement chez les Seigneurs.) » Mouvement chez les Seigneurs, cela signifie, brutes..... — Ah çà ! mais vous n'êtes pas au complet, ici ! Où est donc saint François de Paule ?

Un seigneur. — Il est allé boire un demi-setier avec l'évêque de Narbonne.

Le régisseur. — Où ça donc ?

Le seigneur. — Chez le concierge !

Le régisseur. — Trop fort ! (*Il sort et reparaît une*

minute après, chassant devant lui, à coups de pieds dans le derrière, l'évêque de Narbonne et saint François de Paule.) Tiens, l'évêque! Tiens, saint François! Et allez vous placer à la gauche, maintenant... Eh! l'évêque! tourne-toi donc un peu. Tu as encore pissé sur tes souliers, cochon! Vingt sous d'amende! *(L'évêque veut placer un mot.)* Assez! Assez! Va te mettre à la gauche, je te dis! *(L'évêque obéit.)* Qu'est-ce que je disais donc? Ah oui! « Mouvement chez les Seigneurs », cela signifie, brutes, que vous ne devez pas accueillir ces paroles : « Monsieur le duc de Montmorency! » avec la même indifférence que vous accueillerez celles-ci par exemple : « Avez-vous des bouteilles à vendre? » Non seulement vous devez saluer jusqu'à terre, mais encore vous devez, par un rien, par un je ne sais quoi, un tressaillement imperceptible, indiquer que vous vous sentez en présence d'un personnage considérable. Ça se comprend mieux que ça ne s'explique. Du reste, ceux qui n'auront pas compris auront à faire à moi. Tenez-vous-le pour dit. Frappez, l'avertisseur!

Trois coups. Rideau. On annonce : M. le duc de Montmorency.

PREMIER SEIGNEUR. — Ah! Ah!

DEUXIÈME SEIGNEUR. — Oh! Oh!

LE CONNÉTABLE DE BOURGOGNE. — Bougre!

TROISIÈME SEIGNEUR. — Hé ben, mon salaud!

L'ÉVÊQUE DE NARBONNE. — C'est pas de l'eau de bidet, cré nom!

G. C.

CATULLE MENDÈS ET GEORGES COURTELINE
JOYEUSE VIE
7ÈME
LIVRAISON
EN VENTE
CHEZ
TOUS LES LIBRAIRES
10
CENTIMES

CATULLE MENDÈS et GEORGES COURTELINE, l'un par ses exquises et galantes histoires de la vie mondaine, l'autre par ses très bouffonnes et très vraies études de la vie de caserne, sont au premier rang des conteurs français. Il nous a semblé que nous serions agréables à tout le grand public en publiant, par livraisons illustrées, les pages les meilleures et les plus joyeuses de ces célèbres écrivains.

Chaque livraison, illustrée par nos meilleurs artistes, contiendra un conte de CATULLE MENDÈS et un conte de GEORGES COURTELINE.

Prix de la livraison de **16** *pages, sur beau papier :* **10** *centimes.*

Vingt livraisons formeront un magnifique volume de **320** *pages.*

PARIS — IMP. C. MARPON ET E. FLAMMARION, RUE RACINE, 26.

JOYEUSE VIE

LA VIE BOURGEOISE

LES JAMBES HONNÊTES

C'était dans le cabinet de ce directeur de théâtre qui a repris tant de féeries qu'enfin il ne trouve plus de féeries à reprendre, et qui, un jour, comme quelqu'un lui reprochait — oh ! le chimérique reproche ! — de ne pas monter des pièces en vers, répondit en tapant deux fois sur le maillot de sa plus grasse pensionnaire : « Dites donc, est-ce que ça ne rime pas, ces cuisses-là? »

A peine introduite, Mme Bertillot — irréprochable entre les épouses bourgeoises! poussant le sentiment de ses devoirs jusqu'à l'adoration d'un quinquagénaire ventru et chauve et jusqu'à la confiture de coings, orgueil des repas de famille, — s'écria d'une voix suppliante :

— Monsieur, le bonheur de ma vie est entre vos mains.

— Hein? fit le directeur.

— Mon mari a un défaut, monsieur! il parle en rêvant. Eh bien! toute la nuit dernière, — ah! pourquoi avais-je eu la curiosité de connaître l'opérette-féerie que l'on joue sur votre théâtre! — toute la nuit dernière, dans les agitations d'un sommeil coupable, il n'a cessé de penser à Mlle Constance Chaput, oui, à cette grosse fille qui remplit, au troisième tableau, le rôle de la Reine du Carnaval, et qui profite d'un costume de bal masqué pour ne cacher que son visage. Dans quels termes il s'adressait à elle! Je sens que je rougis rien qu'à m'en souvenir. Vous n'exigerez pas que je les répète, et il vous suffira de savoir que M. Bertillot, — dont les mœurs, monsieur, avaient été jusqu'à ce jour d'une austérité exemplaire, — est totalement affolé, hélas! par les jambes de cette demoiselle.

— Eh! eh! elle n'est point mal bâtie, en effet, la grosse Constance.

— Elle n'est pas la seule, dit l'épouse irréprochable en se détournant à demi, deux pivoines sous la voilette.

— Je n'en doute pas, madame, répondit le directeur, galamment. Mais, jusqu'à présent, je ne vois pas...

— Ce que vous pouvez pour moi? Tout.

Et elle ajouta, avec un air de se jeter par la fenêtre :

— Laissez-moi jouer, ce soir, le rôle de Constance Chaput!

— Vous voulez, vous, madame?...

— Je le veux! et rien n'est moins impossible, puisque la Reine du Carnaval, qui n'a pas une parole à prononcer, se borne à se tenir debout sur une table en buvant du champagne, et puisque de tout l'acte elle ne quitte pas son masque.

— Mais, le diable m'emporte si je comprends...

— Mon intention! Ecoutez-moi. Ce soir M. Bertillot viendra certainement au théâtre, tout seul, pour revoir les jambes de Mlle Chaput, et, cette nuit, dans ses rêves, il leur parlera encore, à ces jambes. Alors, je l'éveillerai, je lui dirai : « Ce n'était pas elle, c'était moi! » Et il faudra bien qu'il reconnaisse la bêtise des hommes qui se montent la tête à cause des étoffes de toutes les couleurs, du fard, de la lumière électrique, et qui ne font attention aux jambes qu'à cause du maillot.

— Une bonne farce! dit le directeur en riant d'un gros rire, et, ma foi...

— Vous consentez?

— Pour vous être agréable, madame.

Tel fut le concours de circonstances, grâce auquel Mme Bertillot, — la plus irréprochable des bourgeoises! — but du champagne, debout sur une table, un pied en l'air, et, dans un enveloppement d'oripeaux, au milieu des ohé! ohé! d'une foule carnavalesque, montra à quinze cents personnes des jambes que son miroir lui-même n'avait jamais vues, car, tous les soirs, en retirant ses bas, elle avait l'unique coutume de tenir sa chemise pudiquement baissée.

Le rideau tombé, elle se rhabilla à la hâte, se jeta dans une voiture, fut de retour, avant son mari, au domicile conjugal. Oh! comme elle allait triompher, tout à l'heure! comme elle se moquerait de lui! Sûrement, ce serait une excellente leçon; il ne s'aviserait plus de lui dire quand ils iraient au théâtre ensemble : « Passe-moi donc la lorgnette, ma bonne! »

M. Bertillot rentra enfin; avant qu'elle eut dit une

parole, il vint se mettre à genoux devant sa femme.

— Qu'y a-t-il donc? demanda-t-elle.

— Il y a, dit-il, la tête basse, d'un ton de repentir, que je suis bien coupable et que j'implore mon pardon. J'ai eu de mauvaises pensées, ma bonne, à cause d'une figurante, tu sais, dans la féerie. Mais je te jure bien que cela ne m'arrivera plus.

— Ah! bah? dit-elle étonnée.

— Jamais plus! il faut croire que j'étais fou. Le chambertin, peut-être, que nous avions bu à dîner. Mais, ajouta-t-il, d'un air piteux, je l'ai revue, ce soir, et si tu savais les jambes qu'elle a!...

C. M.

LA VIE DE CASERNE

LES TÊTES DE BOIS

Quand Bois mourut, m'expliqua Venderague, c'est moi que je fus désigné de corvée pour aller, avec le chef, le reconnaître à l'hôpital, à cause que nous étions pays, nés le même mois, au même patelin, ousque nous restions censément porte à porte, loin comme qui dirait au magasin d'habillement. C'est bon, nous partons, le chef et moi, nous rappliquons à l'hôpital. Y avait là tous les tire-au-cul de l'escadron : Faës, Lagrappe, Vergisson, exétera, exétera. Tous ces bougres-là se fichaient de ça ; ils fumaient leurs pipes au soleil, avec des capotes de réforme, des pantalons de propriétaire, est-ce que je sais ! Bon, ça ne fait rien, nous arrivons dans une espèce de sale truc, grand à peu près comme v'là la chambre, seul'ment pas t'tafait aussi haut. C'est ça que ça puait! Oh! là là! Tiens, pire que la salle des visites!

Le chef soulève son shako : — Messieurs et dames, salut! qu'y dit. — Parce que faut te dire qu'y avait là l'infirmier et la sœur des militaires.

— Tiens, v'là le chef! que fait l'infirmier, et comment qu'ça va, c't heure ici?

— Mais, ça boulotte, que dit le chef. Nous venons c't homme-là et moi, pour ereconnaître el'chasseur Bois, qu'est mort hier d'une merningite.

— Parfait, que dit l'autre; tenez, le v'là.

Il était déjà dans l'sapin, c'bougre-là : un bath sapin, oui, je t'en fous! Quat'planches et pis un couverque, ça fait le compte! Bon, l'infirmier ôte el'couverque, rabat l'drap, et mouche la chandelle.

— Ah! ah! que fait le chef, le voilà l'négociant! Eh ben, c'est parfait, allez-y, vous pouvez fermer la boîte.

Là-dessus je r'garde et qu'est-ce que j'vois? J'vois que je reconnais pas mon Bois! Tu penses si je m'fous à gueuler!

— Au temps! L'mouvement est faux! C'est pas la têt de Bois!

— Quoi, que dit le chef, c'est pas la tête de Bois?

— Non, j'dis, c'est pas la tête de Bois!

— C'est'y que t'es maboul? dit l'chef.

— J'suis pas maboul, que je réponds. J'connais Bois pour un coup, pas vrai, et j'pense pas qu'ce soye pour la peau que nous avons fait nos classes ensemble et qu'il a été mon voisin à la chambre pendant au moins pus d'dix-huit mois.

— Tout ça, que dit le chef, c'est pas des raisons, et je

te dis que c'est la tête de Bois. — Non, que je dis. — Si! que dit le chef. — Je vous dis que non! — Je te dis que si! — Je vous dis que non! — Je te dis que si!

Enfin, comme ça pendant une heure, et qu'à la fin, le chef voulait m'fout'dedans, en disant que je commençais à l'embêter.

— Tout d'même, ça se pourrait des fois que cet homme-là aye raison, dit l'infirmier qui ne disait rien; vu quy n' n'est mort trois à ce matin: Bois, un gendarme, et un caporal du 94e. Alors, comme on leur z'y a coupé le cou à tous trois pour faire des espériences, je ne dis pas qu'on ne s'aura pas fichu dedans et qu'on n'aura pas mis à Bois la tête du caporal, au caporal la tête du gendarme et au gendarme la tête de Bois.

Là-dessus, mon vieux, v'là l'chef qui se met à crier:

— Oui, oui, c'est sûr qu'on s'a trompé! C'est pas la tête de Bois! c'est pas la tête de Bois!

Crois-tu, hein, ce sale mufle-là? N'importe, ça ne fait rien, tu vas voir. Donc, voilà l'infirmier qui prend la tête de Bois et qui se trotte dans la pièce à côté.

Je dis au chef:

— C'est tout de même un peu fort, que dans ce cochon de métier-là, on n'est s'ment pas maître de sa peau une bonne fois qu'on est claqué.

Et, de fait, tu diras tout ce que tu voudras, y a de quoi se flanquer en colère. Pour t'en finir, voilà l'infirmier qui reparaît et qui applique une autre tête sur les épaules du camarade, dont le chef se fiche à beugler:

— La v'là, à c'te fois, j'le reconnais, j'le reconnais!

J'm'approche; j'regarde et rien du tout!

— Ah çà ! que j'fais, ça devient dégoûtant, à la fin ! C'est encore pas la tête de Bois !

V'là t'y pas le chef qui s'emballe ?

— Nom de Dieu de nom de Dieu ! qu'y dit ; est-ce que tu te figures comme ça que nous allons coucher ici ? En v'là assez avec la tête de Bois ; allez, rompez ! Coucheras à la boîte ce soir !

— Ecoutez, chef, que je fais alorss, je vas vous dire une bonne chose. Bois avait, de son vivant, un petit pois derrière l'oreille ; r'gardez voir un peu si y est.

C'est bon, on retrousse l'oreille de Bois, et, comme de jus', pas plus de p'tit pois que sur ma main. Je regarde le chef, en rigolant. Mon vieux, tu crois p't'être qui s'épate ? Je t'en fous ; y prend un air digne, toise l'infirmier du haut en bas, et te l'engueule comme un pied, disant que c'était s'fiche du pape que de couper la tête des morts et de ne pas la r'trouver après, que les soldats n'étaient pas de la charcuterie ; enfin, un boniment !... La sœur en rotait !

Bref, l'infirmier reprend la tête de Bois qui n'était pas la tête de Bois, s'en va avec et revient avec une autre tête. Crois-tu bien que c'te fois là, l'chef dit qu'y n'la reconnait pas !

— Ah ! pour le coup, qu'y fait, c'est pas la tête de Bois !

L'infirmier se fout à rogner, naturellement.

— Comment, qu'y dit, vous osez dire ça ! Eh ben vrai, vous la connaissez, vous encore, pour erconnaître votre monde, je vous en fais mon compliment !

Mais le chef s'en fichait pas mal ; il beuglait : — Foutez-moi la paix ! Vous êtes une couenne et une moule !

C'est pas la tête de Bois, c'est pas la tête de Bois !

Tout ça pour faire l'entendu, tu vois l'coup. Heureusement, il y avait le petit pois.

— Hé, que je dis, fait' donc pas tant d'foin. R'troussez-y plutôt l'oreille, vous verrez bien si l'pois y est.

Ça ne rate pas, parbleu, il y était.

— Tiens, que dit le chef, c'est pourtant vrai ; t'es pas la moitié d'une bête. Allons, c'est bon, vous pouvez refermer. Voilà une bonne corvée de faite. Messieurs et dames, bien le boujour.

Le lendemain on enterra Bois. Tout l'escadron était là, le lieutenant-colonel en tête ; c'était chic, oh ! c'était très chic, mais ça ne fait rien, c'était un peu raide de penser que si j'avais pas été là, on enterrait carrément l'pauv' cochon avec la tête d'un salaud.

G. C.

LA VIE MONDAINE

TOURTERELLE

C'était dans leur jardin d'amour, entre Maisons-Laffitte et Cythère, — plus près de Cythère cependant; la chaleur grandissante de l'après-midi tiédissait l'eau du bassin, les gazons, les feuilles, endormait dans les nids les oiseaux, faisait bâiller les roses. Tout s'exténuait de langueur, les lézards assoupis dans les fentes grises des murs, les abeilles posées, les liserons mi-clos, sous l'ensommeillement lumineux de l'azur; et rien ne vivait, dans les choses ni dans les êtres vaincus par l'été, que le souvenir, à peine, d'avoir, peut-être, vécu. C'est l'été qui nous enseigne la douceur de l'inexistence, la dispersion de nous-mêmes dans l'infini d'un immobile bercement. Tout le jardin était comme un encensoir d'où s'épandrait en vague fumée une rêverie mélancolique d'opium.

Ils firent quelques pas, ils se couchèrent, défaillants, lui, dans l'un des hamacs; elle, dans l'autre; ils se mouraient sous la pesanteur caressante de l'air, à l'ombre des grands acacias.

A quoi donc, mourant, songeait-il?

Il se souvenait, en une songerie éparse, de cet illustre roi d'Asie qui, pour remédier aux brûlures inexorables du soleil, se couchait sans vêtements sur de froides mosaïques entre quatre éventails énormes, sans cesse remués par d'invisibles ressorts; et, au sud de la salle, une fille rousse et dorée et comme flambante; au nord, une vierge pâle, toute de neige; au levant, une enfant rose; au ponant, une tendre femme lasse, gisaient toutes nues devant les éventails; de sorte qu'il dormait un sommeil rafraîchi par les parfums des quatre points cardinaux de la beauté féminine.

Cette imagination royale amusait la fatigue de l'amant, dans le jardin d'amour, à Maisons-Laffitte, près de Cythère; mais, inclinant le cou, il vit son amie couchée, une jambe pendante, dans le hamac voisin, et il s'extasia, tant elle était, en son abandonnement, exquise.

Sous des mousselines à tel point légères que la brise les eût emportées si la moindre brise eût traversé les ramures, elle défaillait adorablement, le déroulement de ses cheveux faisant croire à des rayons de soleil qui seraient restés là; et sa bouche s'ouvrait, tandis que ses yeux étaient clos, rose offerte, cieux fermés; et le mouvement de sa gorge éveillait l'idée d'une lente vague de neige, qui ne fond pas, chaude pourtant; et hors de la mule tombée, un petit talon luisait rose et d'or; et, de toute elle, sortait l'arome d'une grande fleur surchauffée.

Si lassé que fût l'amant par les ardeurs de cette journée, il ne put faire autrement que d'être ému, un peu, à cause de la gorge et du petit talon nu et d'une si ténue mousseline sur tant d'odorants trésors. Après s'être assuré d'un coup d'œil que nul ne pouvait les voir en ce jardin dont les murs étaient hauts, il descendit de son hamac, très lentement, — hélas! cette chaleur! — et, s'agenouillant, sur le sable, il baisa le petit pied pendant, qui était frais comme un fruit.

Mais elle, avec un bâillement d'œillet qui s'entr'ouvre :

« Ah! mon Dieu, vous êtes fou, je pense! Vous n'exigerez pas que, par cette endormante après-midi d'été, qui accable toute la nature, je consente aux tendres travaux dont il semble que le souci vous soit venu? Il faut, en vérité, que vous soyez en proie à un étrange endiablement — dont la continuité, si flatteuse qu'elle me soit, ne saurait s'excuser en une saison pareille — pour avoir seulement conçu l'espoir que révèle l'insistance de vos lèvres sur mon talon. Je les connais, vos lèvres! Si Je ne m'étais pas aperçue de leur projet, elles se seraient déjà hasardées jusqu'à son parfait accomplissement. Monsieur, on ne saurait rien imaginer de plus invraisemblable que vos intentions! Quoi? par ce septembre torride, où nous ne trouvons de ressource contre l'essoufflement et la moite cuisson que dans l'immobilité entière, la pensée vous est venue d'une agitation qui, pour être agréable qu'elle fût, ne manquerait pas d'aggraver nos lassitudes? Je sais bien ce que vous m'allez répondre. Vous n'avez pu considérer, sans être troublé d'une amoureuse convoitise, la grâce de ma paresse, et vous insisterez sur ce détail que l'on voit la rose pâleur de mon sein à travers la transparence des dentelles. Tout cela ne ferait que blanchir! Retournez dans votre hamac, je vous prie. Ah! vous êtes bien cruel de m'avoir tirée du somme où je commençais de m'enliser doucement. Mais, chère âme, ne voyez-vous pas que la chaleur met des gouttes de sueur au bout de mes frisons? Ah! laissez, laissez-moi, vous dis-je; il est tout à fait désobligeant que vous songiez à m'imposer un plus sérieux fardeau, quand déjà j'ai peine à supporter, sur la sensitivité de mon corps, des étoffes aussi légères pourtant que le duvet frissonnant des colombes.

— Légères, non pas! elles sont lourdes au contraire, et importunes autant qu'il est possible! s'écria-t-il avec une violence qui indiquait un très ferme dessein. Elles sont les complices du jour trop chaud, et concourent à vous mettre en un état de langueur, d'où mes plus vives prières ne parviennent pas à vous éveiller.

Si vous consentiez à repousser ces vains habillements, comme une gêne inutile, si votre peignoir, et d'autres blancheurs, l'une après l'autre, s'effeuillaient de vous comme les feuilles d'une rose, vous vous sentiriez enveloppée de la plus agréable fraîcheur et vous n'auriez plus aucune raison pour repousser les caresses dont la chaleureuse pesanteur, s'il m'en souvient, ne vous fut pas toujours pénible.

— Eh! c'était en hiver, je pense!

— Ce sera un peu d'hiver en plein été, que le fraîchissement de votre beauté sans voile. O Belle plus belle que les plus belles, que craignez-vous, puisque les murs sont hauts et que mes seuls regards s'enivreront de vos mystères dévoilés? De grâce, détournez la tête, et, ne vous apercevant de rien, comme endormie, — je vous promets de croire à votre sommeil, — accordez-moi d'écarter doucement, l'un après l'autre, du bout des doigts, les enveloppements fâcheux...

— Ah! fi! fi! monsieur, quelle idée avez-vous là? Avez-vous pu supposer un instant que je me résignerais, en plein jour, à une telle énormité? Au surplus, je vous l'ai dit, il n'est, en pareille saison, d'autre délice que l'adorable fainéantise, dans un vague sommeil, de tout l'être, et je dors, et je dors. »

A ce moment, une tourterelle sauvage roucoula plaintivement dans l'un des arbres de leur jardin d'amour.

« Tenez! tenez! monsieur! reprit l'amante avec un petit rire, entendez-vous cette oiselle? elle se plaint! Elle est de mon avis, j'en suis sûre. Il est probable que l'oiseau dont, parfois, elle partage le nid, l'a persécutée de désirs tout à fait hors de saison; elle a dû s'envoler pour se dérober à d'excessifs battements d'ailes; et voici qu'elle se désole, parce qu'on ne la laissa pas sommeiller en paix, la tête sous les plumes.

— Que vous comprenez mal, ma chère amour, le langage des oiseaux! Cette tourterelle se plaint, en effet, mais non pas pour la raison que vous imaginez. Ce qui la navre, en cette après-midi brûlante, c'est d'avoir tout le corps couvert d'un plumage qui la gêne. Ah! comme elle voudrait éparpiller tout son duvet, comme il lui serait agréable d'être délivrée, fût-ce par un bec furieux, de la pesanteur qui l'enveloppe! Je vous jure, ma chère amour, que, si elle se lamente, c'est de n'être pas nue; elle ne manquerait pas, puisqu'il fait si chaud, de se réjouir si on lui avait ôté, une à une, ses plumes.

— Est-il possible? Êtes-vous certain de ce que vous dites là?

— Certain!

— Quoi! cette tourterelle, dût le ramier survenir, trouverait un frais délice à ne pas être vêtue?

— Certes, ma mie? »

L'amoureuse songea, et soupira, résignée :

« Hélas! s'il en est ainsi, plumez-moi, » dit-elle.

C. M.

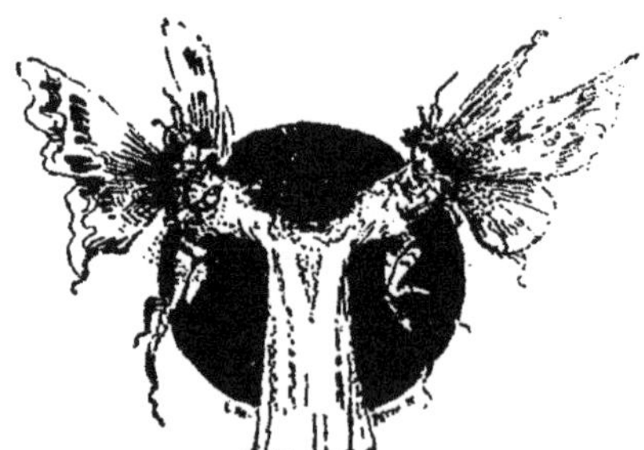

1892

LES MEILLEURS CONTES DE

CATULLE MENDÈS ET GEORGES COURTELINE

8ÈME LIVRAISON

EN VENTE CHEZ TOUS LES LIBRAIRES

10 CENTIMES

Catulle Mendès et Georges Courteline, l'un par ses exquises et galantes histoires de la vie mondaine, l'autre par ses très bouffonnes et très vraies études de la vie de caserne, sont au premier rang des conteurs français. Il nous a semblé que nous serions agréables à tout le grand public en publiant, par livraisons illustrées, les pages les meilleures et les plus joyeuses de ces célèbres écrivains.

Chaque livraison, illustrée par nos meilleurs artistes, contiendra un conte de Catulle Mendès et un conte de Georges Courteline.

Prix de la livraison de 16 *pages, sur beau papier :* **10** *centimes.*

Vingt livraisons formeront un magnifique volume de 320 pages.

PARIS. — IMP. C. MARPON ET E. FLAMMARION, RUE RACINE, 26.

JOYEUSE VIE

LA VIE BOHÈME

UN CLIENT SÉRIEUX

Au poste, dix heures du soir. Entrent : d'abord Lagoupille, amené par deux gardiens de la paix, puis le limonadier Alfred.

LAGOUPILLE, *qui se débat.* — **Ne me brutalisez donc pas, s'il vous plaît. La loi vous interdit de me brutaliser. Je me plaindrai au père du cousin de la tante du beau-**

frère de ma belle-sœur qui est chef de bureau... — Est-ce chef ou garçon ? Je ne me rappelle plus très bien... — au ministère de la justice.

LES AGENTS. — Entrez de bonne volonté, alors.

LAGOUPILLE, *fort de ses relations.* — J'entrerai si je veux. (*Les agents, qui l'avaient lâché, le réempoignent.*) Ne me frappez pas!... Quant à vous, monsieur Alfred,

vous vous conduisez comme un cochon, et cela, c'est un honnête homme qui vous le dit.

LE BRIGADIER DE SERVICE. — Voyons, qu'est-ce qu'il y a?

LAGOUPILLE. — Il y a que M. Alfred se conduit comme un cochon !

LE BRIGADIER. — Vous, vous allez commencer par vous taire, ou je vous fais flanquer au violon. Vous répondrez quand on vous questionnera.

LAGOUPILLE. — Je me tais. Contre la force il n'y a pas de résistance. C'est égal..., un client comme moi, un vieil habitué..., au poste! elle est un peu raide celle-là.

LE BRIGADIER, *à M. Alfred.* — De quoi vous plaignez-vous, monsieur?

M. ALFRED. — Monsieur, je suis limonadier rue de la Chaudronnerie, où je tiens un petit café à l'enseigne du *Pied qui parle*, maison bien notée, j'ose le dire; rien que des habitués, de braves gens du quartier qui viennent faire le soir leur partie en prenant leur demi-tasse.

LAGOUPILLE. — Vous devriez être honteux, monsieur Alfred, de parler de vos habitués après que vous vous êtes conduit comme un cochon avec le plus ancien d'entre eux! Que dis-je, comme un cochon! comme deux cochons, plutôt!! comme trois cochons!!! comme quatre cochons!!!! comme cinq cochons!!!!! comme...

LE BRIGADIER. — Ça va durer longtemps, ce défilé de cochons? Je vous dis de nous ficher la paix! (*Lagoupille se tait.*) Continuez, monsieur Alfred.

M. ALFRED. — M. Lagoupille, en effet, est un de mes plus anciens clients, mais Dieu sait depuis combien de temps je l'eusse flanqué à la porte, sans la crainte de faire de l'esclandre. Figurez-vous que cette espèce de sans-le-sou, qui n'a jamais pris plus d'une consommation, est d'une exigence révoltante. Il arrive, et, tout de suite, voilà la comédie habituelle qui commence: « Garçon, mon café! » On le sert. « Garçon, les journaux! » On les lui apporte. — Tous, notez bien; il les lui faut tous à ce monsieur. — « Garçon, les cartes! »

LE BRIGADIER. — Les cartes! Pourquoi faire?

M. Alfred. — Pour se tirer des réussites. On lui donne les cartes. « Garçon, le jacquet ! »

Le brigadier, *stupéfait*. — Pour jouer tout seul ?

M. Alfred. — Non, pour s'asseoir dessus. Il trouve que mes banquettes ne sont pas assez hautes.

Lagoupille. — A beaucoup près.

M. Alfred. — Naturellement, privés de jacquet, privés de journaux, privés de cartes, mes habitués les uns après les autres avaient déserté le *Pied qui parle*. Quelques-uns s'étaient bien rejetés, faute de mieux, sur le domino à quatre, malheureusement le raclement de l'os sur le marbre exaspère M. Lagoupille, en sorte que ces pauvres gens, ahuris des rappels à l'ordre et des réclamations continuelles de ce personnage qui rossait sa table à coups de canne en hurlant :

« Un peu de silence donc ! Ça ne va pas finir, cette vie-là ? On se croirait dans une forge, ici ! » s'étaient vus rapidement contraints de renoncer à cette suprême distraction. Je les perdis à leur tour.

LE BRIGADIER. — Je le crois sans peine.

M. ALFRED. — M. Lagoupille demeura donc le seul client d'une maison jadis florissante. Or, est-ce que ce soir, après avoir, comme à son ordinaire, accaparé tout mon matériel, il n'émit pas la prétention de me faire éteindre le gaz, sous prétexte qu'il avait de mauvais yeux et qu'il entendait désormais être éclairé à la bougie ?

LE BRIGADIER. — A la bougie !

M. ALFRED. — A la bougie ; parfaitement !... Ceci met le comble à la mesure. Je lui déclarai que c'en était trop et que je l'avais assez vu ; il me dit que le plus vu des deux n'était pas celui que je pensais. Je le priai d'aller boire ailleurs ; il répliqua qu'il n'en ferait rien, que le café du *Pied qui parle* étant un endroit public, je n'avais pas le droit de le lui interdire, que d'ailleurs le spectacle de ma stupidité profonde le réjouissait beaucoup trop pour qu'il acceptât de s'en priver, etc., etc. Je préférai en appeler à la force publique que d'avoir recours aux voies de fait. Voilà.

LE BRIGADIER, *à Lagoupille*. — Hé bien, vous pouvez parler maintenant : qu'est-ce que vous avez à dire ?

LAGOUPILLE. — Brigadier, j'ai à dire ceci : que M. Alfred est un sale menteur. Une consommation qu'y dit ?... J'en prends sept !

M. ALFRED. — Sept !

LAGOUPILLE. — Oui, sept !

M. ALFRED, *ironique*. — Oh la la ! Je voudrais bien

les connaître les sept consommations que vous prétendez prendre!

LE BRIGADIER. — En effet; citez donc un petit peu, pour voir.

LAGOUPILLE. — C'est bien simple. J'arrive et je demande un café. Bon ! on me donne un verre de café, trois morceaux de sucre, une carafe d'eau et un carafon de cognac. Ça me fait une consommation.

M. ALFRED. — Nous sommes d'accord. Ensuite.

LAGOUPILLE. — Je bois la moitié de mon verre. Bon ! je comble le vide avec de l'eau. Ça me fait un mazagran. Deuxième consommation.

M. ALFRED, *suffoqué*. — Quoi? Quoi? Quoi?

LAGOUPILLE, *imperturbable*. — Dans mon mazagran, je verse du cognac. Ça me fait un gloria. Troisième consommation. Quand j'ai bu mon gloria je prends une pierre de sucre et je la mets à fondre dans de l'eau ; ça me fait un verre d'eau sucrée. Quatrième consommation. Dans le verre d'eau sucrée je reverse du cognac, ça me fait un grog.

LE BRIGADIER. — Cinquième consommation.

LAGOUPILLE. — Cinquième consommation. Mon grog bu, qu'est-ce que je fais? je m'appuie un peu de cognac pur, et voilà une fine champagne.

LE BRIGADIER. — Et enfin ?

LAGOUPILLE. — Et enfin, sur ce qui me reste de sucre, je jette ce qui me reste d'eau-de-vie, j'y mets le feu ; ça fait un punch, septième et dernière consommation.

M. ALFRED. — Charmant, mais au bout de tout ça, combien est-ce que je touche, moi ! Six sous ! Et vous croyez que ça m'amuse, que vous m'avez rasé toute la soirée, d'inscrire trente centimes à mon livre de caisse ?

LAGOUPILLE, *désintéressé.* — Ça vous embête? Hé bien, prenez une caissière.

G. C.

LE CORSET DE CENDRILLON

Mon amour de la vérité me contraint à dire que Valentin, le héros de cette histoire, est une âme enfoncée dans la matière, d'une façon déplorable. Je le constate en le déplorant! Il répète volontiers : « mysticité, mystification, » ne voit dans les nuages que la menace d'une pluie qui ferait manquer un rendez-vous à Bougival ou dans l'île de Croissy. Les réalités de la chair féminine, surtout, ont pour lui un attrait auquel il n'a jamais songé à opposer la moindre résistance; les jambes d'une belle fille sont, à ses yeux, autrement importantes que les ailes d'un ange; il approuve le Mage noir qui, dans le tableau de Rubens, omet d'adorer le petit Jésus pour contempler la jeune Mère avec des yeux flambants de convoitise : à ceux qui lui parlent des immatérielles tendresses, des chastes hymens sans baisers, il répond impudemment par ce vers d'un poète illustre : « *Des seins fermes et lourds, au moins, c'est positif.* » Sa rêverie ne va guère au-dessus, descend même, quelquefois, assez fréquemment. Et il montra bien cette inclinaison de son instinct vers les vérités palpables, dans l'aventure que j'entreprends de vous raconter, non sans quelque rougeur.

Une fois qu'il revenait, par une nuit de pluie, du bal de l'Opéra, il trouva un corset, à côté de lui, sur le coussin du fiacre. Trouvaille qui n'avait rien d'absolument extraordinaire. La hâte des caprices nocturnes, allumés par le champagne, n'attend pas toujours d'avoir poussé le verrou des cabinets particuliers, s'accommode d'un boudoir à quatre roues, jugeant qu'une portière de voiture, vite refermée, isole suffisamment du reste du monde ; et il n'est pas étrange qu'après les complaisances de l'abandon, une personne encore troublée — laitière de toile écrue ou domino de faille rose — oublie la vaine formalité du ragrafement, comme une Clorinde vaincue n'aurait plus souci de son armure. Valentin ne s'étonna donc pas au delà des bornes, et si, en descendant du fiacre, il emporta le corset, ce fut simplement pour ne pas le remettre, tiède encore comme il était, et tout odorant de femme, aux grasses mains noires du cocher. Mais, rentré chez lui, et considérant sa trouvaille sous l'abat-jour de la lampe, il ne put retenir un petit cri d'aise et de surprise. Non pas que le corset fût d'une élégance rare, satin rose ou noir, bordure de peluche; bien au contraire : du coutil gris bleu que perçaient çà et là des pointes de baleine. Six francs, chez la mercière. N'importe! cette enveloppe, vide hélas! était si étroite au milieu, puis s'évasait, vers le haut, si largement, que Valentin ne pouvait en détacher ses yeux pleins d'une concupiscence attendrie. Certes, dans les boudoirs ou dans les mansardes, folles filles qui veulent tout de suite, mondaines qui résistent encore quand on n'a plus rien à leur demander, petites ouvrières qui cachent en riant leur rougeur dans l'oreiller du lit de fer, il avait vu sortir des derniers voiles, comme des éclosions de roses blanches, beaucoup d'admirables bustes : il ne se souvenait point d'avoir admiré jamais une taille qui aurait pu tenir dans ce corset, une gorge qui l'aurait pu emplir! et, après une insomnie pleine de pensées infiniment peu vertueuses, il rêva qu'il étreignait de ses dix doigts la fine sveltesse d'une jeune fille-guêpe, qu'il baisait de ses lèvres éperdues l'ample rondeur de deux seins résistants! Car Valentin — j'ai pris le parti sage de le dire tout d'abord — était terriblement enclin, éveillé ou endormi, à se laisser vaincre par les appétits charnels; pour un peu, n'eût été sa crainte d'être reconnu par ses amis du cercle et les ambassadrices chez lesquelles il conduisait le cotillon, il se fût établi baigneur à Étretat ou à Trouville.

En déjeunant, il ne se cacha pas à lui-même que toutes les joies lui seraient fades, que la vie lui serait insupportable, tant qu'il n'aurait pas rencontré l'inconnue qui s'était incomplètement rhabillée dans la voiture, ou quelque femme du moins aussi bien faite qu'elle. Il n'hésita pas, écrivit à plusieurs reprises cinq ou six lignes, les mêmes, sur des feuilles diverses, glissa les feuilles dans des enveloppes, sonna Louisette — car, étant de ceux qui aiment à se faire nouer leur cravate par des doigts légers, agréables au menton, il avait une soubrette pour valet de chambre — lui remit quelques louis, la chargea de porter les lettres à leurs adresses; et, le soir même, on put lire aux annonces des journaux qu'un jeune homme, de figure aimable, possesseur d'une grande fortune, était résolu à épouser, dans le plus bref délai, la personne qui avait oublié son corset dans un

fiacre, la nuit du dernier bal de l'Opéra, ou tout autre personne à qui ce corset siérait d'une manière parfaite;

suivaient la description de l'objet trouvé et le nom d'une couturière chez laquelle il serait déposé, afin que les femmes les plus réservées pussent tenter l'épreuve, sous le prétexte d'essayer une robe, sans aucune crainte de se compromettre. Pour ce qui était du mariage, il ne m'est pas prouvé que Valentin fût décidé à tenir sa parole en tout état de chose, mais il avait jugé à propos d'attirer l'attention par une promesse alléchante, et vertueuse. Le nombre de demoiselles et de veuves qui se rendirent chez la couturière fut tellement considérable qu'il y eut queue dans l'escalier pendant huit jours! Valentin, assis derrière une porte entre-bâillée, assistait avec des tremblements d'espérance à la redoutable épreuve. Vieilles, jeunes, laides, jolies, maigres, obèses, il en vint de tous les coins de Paris, et de la banlieue, et des départements aussi. C'étaient surtout les plus plates de poitrine ou les plus énormes de taille qui s'étonnaient de ne pas s'accorder précisément à l'enveloppe de coutil; celles-ci se gonflant d'air pour remplir les vides, celles-là, pour s'amincir, soufflant jusqu'à perdre haleine. D'autres, sveltes et grasses, offraient de très aimables spectacles — ah! pourquoi le héros de cette histoire ne s'était-il pas adjoint quelques juges, vous ou moi, par exemple? — il s'en fallait de bien peu que le corset ne s'adaptât comme s'il eût été fait sur mesure, mais il s'en fallait toujours de quelque chose, ici ou là; et, après une semaine de déceptions, Valentin s'abandonna au plus amer désespoir.

Pourtant il ne renonça pas à son désir! Dans les rues, au théâtre, dans les salons, partout, il continua ses recherches. A vrai dire, il n'osait pas offrir aux passantes, aux spectatrices, aux danseuses, d'essayer le corset, séance tenante; plus d'une aurait pu s'étonner, non sans quelque raison, de l'épreuve proposée. Mais, d'un regard que ne trompe point le mensonge des robes,

il interrogeait le dessous des corsages avec une persistance toujours plus ardente; son étreinte pendant les valses prenait la mesure des tailles. Hélas! parmi tant de femmes, aucune n'aurait pu mettre le terrible corset! Était-ce donc qu'il ne devait pas trouver à Paris celle qu'il poursuivait? Il voyagea en Angleterre, en Italie, en

Allemagne, en Russie; il erra dans les monts Circassiens, de village en village, s'arrêtant pour contempler les belles filles aux longues tresses, qui vont deux à deux à la fontaine, une cruche peinte à l'épaule; on le vit en

Turquie, dans les marches d'esclaves, ou même dans les harems, faire comparaître, le corset ouvert à la main, d'exquises mi-nudités. Espérances toujours trompées! Une fois, en Autriche, pendant une fête à Schœnbrunn, il poussa un cri de joie : dans une jeune archiduchesse, blonde et de neige comme les déesses, qui devait épouser avant deux mois un des plus puissants princes de l'Europe, il avait cru trouver l'admirable créature faite au moule de son désir. Cela lui était bien égal qu'elle fût la fille d'un empereur, destinée à la couche d'un roi; il s'en ferait aimer, l'emporterait! La perspective de lever des armées, de déclarer la guerre à divers souverains, n'avait rien qui l'étonnât; et il ne doutait pas le moins du monde de sa victoire. En s'approchant, il reconnut avec une rage désolée que la taille de l'archiduchesse était trop large, d'un demi-centimètre environ.

Un soir, peu de temps après son retour en France, il était seul dans sa chambre. Minuit bientôt. Bien qu'il eût enfin renoncé à tout espoir, il ne pouvait s'empêcher de songer à la forme parfaite qu'il ne lui avait pas été donné de contempler; et il se sentait plein de tristesse, comme le Prince du conte. Il voulut revoir — pour que son sommeil se peuplât de beaux songes — le corset fatal, cause de tous ses chagrins, se leva, ouvrit un tiroir. Le tiroir était vide! Il chercha dans d'autres meubles. Vainement! Alors, plein d'inquiétude et de colère, il agita la sonnette d'un coup qui arracha le cordon.

— Louisette! cria-t-il, viens ici. Réponds. Il y avait un corset dans ce tiroir. Toi seule entres ici. Qu'en as-tu fait? Répondras-tu?

La soubrette, toute rose, tremblait, fermant de peur ses jolis yeux où venait une larme.

— Oh! que Monsieur ne me gronde pas, dit-elle. Je ne savais pas que ce corset fût utile à Monsieur, et, comme je le voyais là, toujours, je n'ai pas cru faire mal en le prenant, l'autre matin.

— Tu l'as pris? Pourquoi faire?

— Dame, pour le mettre. Je demande bien pardon à Monsieur.

Valentin la regardait, les yeux écarquillés!

— Tu l'as mis, toi?

— Oui, monsieur.

— Et il te va?

— Oh! monsieur, on croirait qu'il a été fait pour moi.

— Louisette! s'écria Valentin.

Et quoiqu'elle fit quelque difficulté à laisser voir que le corset lui seyait aussi bien qu'elle avait dit, il ne tarda pas à s'en pouvoir convaincre, pleinement! De sorte qu'il l'épousa, — selon la promesse qu'il avait faite et pour finir comme dans les contes, — mais un peu plus tôt peut-être qu'il n'eût été convenable.

C. M.

www.ingramcontent.com/pod-product-compliance
Ingram Content Group UK Ltd.
Pitfield, Milton Keynes, MK11 3LW, UK
UKHW031912260826
14628UKWH00003B/1139

9 782019 138660